娘の結婚

小路幸也

JN173200

祥伝社文庫

目次

一　娘の結婚相手

娘に、彼氏がいる。

薄々は感じていた。はっきりとそう言ってはいなかったが、休日にデートを重ねていることは察していたのだ。まぁまるでそんな気配がないよりは、あった方がいいと自分に言い聞かせていた。

娘の人生は、あの子のものだ。

一生独身でいようが、あるいは昨今聞かされるような同性を愛してしまってマイノリティとして生きようがそれは自由なのだが、親としては普通に恋愛をして結婚して家庭に入る、というレールに乗ってくれた方が安心なのは間違いない。

娘と二人、つつましやかでもささやかな幸せを感じながら暮らしていけるというのは嬉しいことではあるのだが、いつまでもそのままではいけないとは思っていた。思いながらも、終わることを望んでいなかったというのが本音だろう。

面と向かって言われたのが、昨夜だった。

〈会ってほしい人がいるの〉

お父さんの都合のいいときに家に連れてきたい、と改まって告げるその意味がわからないはずが、ない。

社会人になって三、四年経つ二十五を過ぎた娘だ。彼氏のひとりや二人いるのが普通だろう。いや、二人もいるようでは説教のひとつでもしなければならない。二股《ふたまた》を掛けられる男の気持ちを考えたことがあるのか、父さんはそんな娘に育てた覚えはない、と自分の経験談も交えて諭《さと》さなければならないのだが。

「二股掛けられたことなんかあったか？」

「ある意味ではな」

「いつだよ」

サバの味噌煮《みそに》をひょいと口に放り込み柴山《しばやま》が訊《き》く。

中学の頃から年数にすると四十年の間、友人をやってきた。過去にどんな女性と付き合ってきたかなんて、お互いに熟知しているはずだが。

「ほら、大学のときの綾乃《あやの》だ。片岡《かたおか》綾乃」

「綾乃ちゃんが？　本当にか」

そいつは初耳だったと言う。そうか、言ってなかったか。まぁ強《し》いて披露《ひろう》したい話でもない。柴山がしばし何かを考え、にいっ、と笑う。その笑いが苦笑いになり右手で私の肩を軽く叩《たた》いた。

「國枝《くにえだ》」

「なんだ」

「それで今夜は俺を誘って飲んで遅くなるというわけだ。お父さんは忙しいからしばらく彼氏には会えない、というデモンストレーションを娘にしていると」

「そんなつもりじゃない」

こちらも苦笑した。急がなきゃならない差し迫った理由はまったくないと実希《みき》も言っていた。できちゃった、なんてことはないから安心してと悪戯《いたずら》っぽく笑った。私の心の準備ができるまで待つ、と。その辺は、心得ているよくできた娘だと感心する。

「今日は、たまたまだ」

遅くなると思っていた案件が予想外に早く終わった。晩飯は会社で、出前で済まそうと思っていたから献立《こんだて》を何も考えていないし、実希は相変わらず遅くなる。どうせ食べて帰るなら誘ってみるかと思っただけのこと。

「で、ついでに男親の切ない気持ちを俺に話していると」

「まぁ、そういうことになるか」

二人で笑った。

「実希ちゃん、いくつになったっけ?」

「二十五だ」

いや、八月生まれなのであと数ヶ月で二十六になるのか。

「もうそんなになったか」

年寄りになる筈《はず》だなぁ、と柴山がお猪口《ちょこ》を口に運んでから言う。むろん、こいつは実希が生まれたときから知っている。お祝いにと起きあがりこぼしのお人形を買ってきてくれたな。

「そうだな」

確かに歳を取った。あの子が、あの小さかった実希が二十五歳の女性になっているのだから。

いずれ家を出ていくのが娘というものだ。そんな覚悟はこの子が生まれたときからずっとしなきゃならないと考えていた。考えることと、覚悟ができているかどうかは別の問題だが。

「まだ結婚すると決まったわけじゃないだろう」

柴山が言う。

「お前の性格を考えてさ、きちんとしたお付き合いをしている男を紹介するだけかもしれない」

「それがな」

思わず溜息《ためいき》をついていた。

「結婚を考えているそうだ」

それはつまり、あれを行うために来るということだろう。

「あれか」

「あれだ」

私も柴山も過去の人生において一度はやった。相手の男親に向かって、「娘さんと結婚させてください」と頭を下げる儀式だ。

「あれはきついよな」

「きついな」

もうそんな心配をしなくていいのだが、できれば二度とは繰り返したくない。あれは、本当に寿命を縮めるんじゃないかと思うぐらいストレスになる。

かと言って私にはしなくていいぞ、などと娘の彼氏に軽く言うのも癪《しゃく》に障《さわ》る。最愛の娘を奪っていくのだ。それぐらいのハードルを越えてもらわなければこちらの気が済まない。

「まぁ、とりあえずはめでたい話だ」

空になった私のお猪口に柴山が徳利《とっくり》を傾《かたむ》けた。

「お前としては手放しでめでたいとは思えないんだろうけどな」

「思うさ。めでたいとはな」

実希が幸せになってくれるのなら、それでいい。

それだけでいい。

それが難しいことであるのは五十二年も生きていれば身に沁《し》みてわかっているが、そう願わずにはいられない。

実希は、決して誰もが振り返るような美人ではない。死んだ妻そっくりになってくればそれなりに整った顔立ちになったものを、残念ながら多少私にも似てしまった。親のひいき目を割り引いても不細工というわけではないが、美人ではない。愛嬌《あいきょう》だけはあると思うのだが。

精一杯、いい娘に育ててきた。そのつもりだ。

母親がいないことで悲しませないように、辛《つら》い思いをさせないようにと気を配って、できることは全部やってきたつもりだ。

幸せになってほしい。

ただ、それだけを願っている。

「男は、何をやってるんだ」

「印刷会社で働いているらしい」

社名を告げると柴山は大きく頷《うなず》いた。

「そりゃ安心だ」

「まぁな」

国内でも一、二を争う印刷会社だ。全国に支社を持ち、私のところの印刷物だってほとんどがそこで印刷されている。私個人が直接に顔を合わせることはないが、そこの会社の営業の人間はよく出入りしているはずだ。しかも娘の彼氏は企画開発室とやらの勤務らしい。職種で人間を区別するつもりはないが、それはすなわちその会社でもエリートクラスを意味してるのだと思う。

娘の結婚相手がしっかりとしたところで働いている。それはもう第一条件みたいなものだ。性格はともかく、ご面相やスタイルなど二の次だ。

こんなご時世だから、いかに大手とはいえどうなるかはわからない。それはわかっている。それでも吹けば飛ぶような小さな会社や、アルバイト暮らしとかミュージシャンを目指してますなんていうのに比べれば安心感が違う。

何より、そういうきちんとしたところに就職できたというその彼氏の背景に安心する。きっと大学も出ているのだろう。それなりに真面目にやってきたのだろう。ご両親にもきちんと育てられたのだろう。

そういうのが、大事なのだ。

親にとっては。

「人間それだけがすべてじゃないぜ」

「あたりまえだ」

それも、わかっている。伊達《だて》に長い間人事部で多くの就職希望者を見てきたわけじゃない。家庭環境に問題があろうと、それだけで人間の価値が計れるわけではない。しっかりとした考えを持ち、きちんとした生活を送っている男は私のところでアルバイトしている若者の中にだっている。およそ育ちがいいとは到底思えない家庭環境の中で育ってきて、眉を顰《ひそ》めたくなるようなスタイルでも、働かせれば仕事のできる男はいるのだ。正社員で雇《やと》った大学出のまるで問題ないような奴よりはるかにきちんと仕事をこなして、かつ人間的にも素晴らしい奴が。

「よっぽど大卒のそいつを首にして、代わりに正社員で迎えたくなるような男がな」

だろう？　と柴山も頷く。

「どんな相手だろうとさ、実希ちゃんが幸せだと感じることがいちばんじゃないか」

「そうだな」

その通りだ。

実希が幸せになるのなら、幸せだと思える道を選ぶのなら私は何も言うことはない。

だが。

彼の場合は。

「名前、聞いたのか」

「聞いた」

古市真《ふるいちまこと》という。二十七歳。

「実希より二つ年上だな」

年齢的にはちょうどいいじゃないか、と柴山が言った後に、くい、と首を傾けた。

「ふるいち、っていう名字はどこかで聞いたことあるな」

「覚えていたか」

「俺も知ってる人間か？」

そうだ。お前も確かに一度は会ったことがある。ひょっとしたらその名前が書かれた表札は何度か眼にしているだろう。

「ロイヤルハイツだよ」

「ロイヤルハイツ？」

「俺が結婚した当時住んでいたマンションの名前だ」

ぽん、と、白木のカウンターを柴山は叩く。

「あれだ、お前のお隣りさんだった人だ。あのマンションの」

「そうなんだ」

古市真。当時は「まことちゃん」と私は何度もその名を呼んだことがあるかつての隣人の一人息子。

それが、実希の彼氏だったのだ。

「幼馴染《おさななじ》みってわけか」

「そういうことになるな」

それはまた愉快な話だと柴山は言う。

「いいじゃないか。どこの馬の骨ともわからん奴より。お前だってよく知ってるわけだろう?」

「子供の頃だけはな」

すっきりとした顔立ちの男の子だった。大人しくて、頭も良さそうだった。一緒に遊んだときには、二つ下の実希の面倒をきちんと見てくれていた記憶がある。

「結構な相手じゃないか」

それ自体は結構なんだが。

「実は、そうでもない」

そうだ。それを、誰かに聞いてもらいたかった。こんな話をできるのは、柴山しかいなかった。

妻の佳実《よしみ》とは職場結婚だった。同い年で、結婚したのは二十五歳のときだ。当時としては早くもなく遅くもなく、いや少しばかりは早めではあったのか。しかしまぁそれは良かったねと皆に普通に祝福される年齢だった。

結婚を決めた理由は、あまりよく覚えていない。そんな表現をすると怒られるか。ロマンチックに言うのなら、出会ったときからもうそんな気がしていたというべきか。

同期入社で初めて会ったときから、親近感を覚えていた。それは後日佳実もそう言っていたから、そうだったのだろう。形を変えた一目惚れだったのかもしれない。

まるで長年の友人のように気軽に話ができて、そして会話のリズムが合っていた。そう、本当に何も構えずに話ができた女性だった。

私はご面相やスタイルがいいわけでもないし、話題豊富でもなく大して面白くもない男だ。まるっきり女性に免疫がなかったわけでもないが、おそらく世間の標準からするなら少なかった方だろう。端的に言えば、あまりモテないごく普通の、地味な男だった。取り柄と言えば、自分で言うのは何だが真面目なことぐらいか。

こつこつとやるのが性に合っていた。学校の勉強も地道に努力して上位の方に名を連ねていた。努力をしてもトップになれないというところが凡人であることを示しているが、それはしょうがない。人間には器というものがある。私の器はその程度だったということだ。スポーツにしてもそうだ。野球でいうならライトで九番というのが精一杯という感じだった。

どこにでもいる、平凡な男というわけだ。

百貨店を就職先に選んだのは、大学時代にアルバイトをした花屋の配達がきっかけだった。

花の知識などまるっきりなかった。それは大抵の男がそうだろう。私もそのバイトを選んだのは単に時給がいいのと、配達であれば運転をすればいいだけなのだから気が楽なのではないかと思ったからだ。

ところが、そうではなかった。確かに配達だけなのだが、花の配達にはいろんなものがある。まさか自分が葬儀会場に行ってそこに花籠《はなかご》を仕込んでくるとは夢にも思わなかった。その当時は幸か不幸か葬式というものに一度も顔を出したことがなく、初めての葬儀会場はアルバイトで訪れたわけだ。

葬儀会場は、悲しみの、あるいは無言の音が流れていると感じた。決して大声を上げる人はなく、ただ皆が故人のことを思いながら声を潜《ひそ》めている。そうか、花とは人に捧《ささ》げるものでもあったのだとそのとき初めて理解した。私はただ花籠を仕込んでいるだけなのに、涙にくれた喪服の女性たちに、ありがとうございますありがとうございますと頭を下げられて恐縮することは何度もあった。

普通の配達でも、まるで想像していたものとは違った。

花束を持っていくと、受け取った人たちは皆本当にいい笑顔を見せてくれたのだ。そこでも私はただ配達しただけなのに、「ありがとうございます！」とお礼を言われるのが常だった。

ときには、花束を受け取り、涙を浮かべる人もいた。私は他人の嬉し涙というものを、そこで初めて見たのだ。得難い経験だと感じた。悲しい涙や辛い涙を見る場面には遭遇《そうぐう》しても、嬉し涙にはそうそう出会えるものではない。花の配達をしていて本当に良かったと思うこともしばしばだった。花の説明や、鉢植えの育て方を訊いてくる人たちもいた。勢い花のことを勉強せざるを得なくなり、一年間のアルバイトで随分《ずいぶん》とそういう知識がついた。

そうして、ものを届けて人に喜んでもらえるというのはとても素晴らしいことなんだと、理解した。さらには、自分がそれをとても嬉しく感じることも、わかった。

百貨店ならば、そういう気持ちをいつも感じ取れるのではないかと考えたのだ。商品の知識を得て、お客様に最適のものを見つけ出してお買い上げいただき喜ばれる。

それは、とても素晴らしい仕事のように思えたのだ。

だから、必死で就職活動をした。百貨店しか狙《ねら》わなかった。幸いにして第一希望だった老舗《しにせ》の益美《ますみ》屋百貨店に入社できて、そこで佳実と知り合った。

生涯唯一の伴侶《はんりょ》と。

「明るい人だったな」

柴山が、静かに微笑みながら言う。

「うん」

明るかった。元気だった。どちらかといえばいつも苦虫を噛《か》み潰《つぶ》したような顔をしている私とは正反対。まるで、大輪の向日葵《ひまわり》のような女性だった。

愛していた。この人と一生一緒に歩いていきたいと思っていた。

結婚してすぐに実希が生まれて、手狭になるだろうとそれまでのアパートを引き払って引っ越した先が、ロイヤルハイツという二ＬＤＫの賃貸マンションだった。

実は分譲マンションだったものがいろいろなごたごたがあって賃貸に出されていた物件で、まるで団地のような造りになっていて些《いささ》か古くささを感じさせたが、それなりにいいマンションだった。

佳実は喜んでいた。こんなマンションに住みたかったと笑顔を見せた。六階建ての最上階。

そして隣りの部屋が、古市夫妻だった。偶然にもほぼ同年代で、子供も一人と家族構成も同じだった。

「確か、旦那さんは薬局に勤めていたんじゃなかったか」

「そうだったな」

古市敏之《としゆき》という。今も元気に働いているらしい。ほぼ九年間そのマンションで暮らしたのだが、古市さんとじっくり話したのは片手で数えられるぐらいだったと思う。子供も一緒にお互いの家で何度か晩ご飯を食べたことがあるし、遊園地などに一緒に行ったこともあった。和《なご》やかな御近所付き合いというものだ。

細面の、穏《おだ》やかな性格の人だった。趣味は写真を撮ることだと言って、持っているカメラを見せてくれた。写真も何枚も見せてもらった。むろん私は素人だが、うまいものだと思って素直にそう言うと照れていた。

穏やかで、静かな男。そういう印象だった。

奥さんは、景子《けいこ》さんだ。私や佳実より二つ下だったと記憶している。背が小さくて可愛らしい印象の女性だった。

ハキハキとした物言いの、第一印象としては付き合いやすい人というものだった。息子の真くんが悪戯をしたらきっちりと叱《しか》り、甘やかすところは甘やかす。いいお母さんなのではないかと私は思っていた。

「思っていた、というのは」

なんだ、と柴山が訊く。

「実はな」

誰にも話したことはない。さしたる大事でもないからだ。そう思っていたからだ。

「佳実とは、折り合いが悪かったらしい」

「そうなのか?」

焼き鳥を串から引きはがして、柴山が意外だという顔をした。

「佳実さんは誰とでも仲良くやってる人だと思ったがな」

「やっていたさ」

そういう女性だ。細かいことをうじうじと悩む人ではなかった。

「それでも人間だ。性格的に合う合わないはあるだろう」

「あるな」

「どうやら古市景子さんと佳実は合わなかったらしい」

「それは、佳実さんが言っていたのか?」

「いや」

正直なところ、あまり覚えていない。覚えていないのだが、同じマンションに住む住人にそう言われたことがあった。

「佳実も困っていたと」

「いや、そんな人じゃなかっただろう」

柴山が言う。

「佳実さんは他人の悪いところを陰であげつらうような女性じゃなかった。あの人がもしその奥さんとの確執《かくしつ》とか、そういう悩みを抱えていたとしたらよっぽどのことで、お前が覚えていないわけないだろう」

「そうなんだ」

そのことに気づかされたのは、実は妻が死んでからのことだ。自分を弁護するわけではないが、世の中の旦那様は多かれ少なかれそうなのではないか。

仕事から帰ってきて妻とあれこれ話す時間。その中で、妻が隣人の話をする。「〇〇さんったらこんなふうに言ってきたの。ちょっと悩んだわ」などと言う。ふぅんそうかい、とこちらは適当に返事をする。寝て起きれば大して覚えていない。そんなものではないか。

「まぁ、そうだな」

一時は結婚していた柴山も同意する。

「余程のことなら別だが、日常のささいなことなら、そんなもんだ」

ゴミを出すのが遅いとか、学校行事についての物言いとか、ご近所とのささいなすれ違いや確執に気を留めておけるほど余裕はなかった。会社の仕事で疲れて帰ってきて、家庭では我が子の成長だけを喜びに感じて、安らいでいたい。そこで、妻の愚痴《ぐち》を聞かされることほど、正直参ることはない。

だから、ないがしろにしていたつもりもないが、真剣に聞くようなこともなかったように思う。

妻は、佳実は、交通事故で死んでしまった。

実希がまだ九歳のときだ。小学校の三年生になり、そろそろ家のお手伝いにも興味を持ち、私にもまるで母親のような大人びた言葉を掛け出すような頃。

信じられなかった。今でもあのときのことを、電話連絡を受けたときのことを思い出すと背筋に冷たいものが走る。

血の気が失せて、眼の前が一瞬暗くなるという体験をしたのもあのときが最初で、今のところ最後だ。

実希の学校に連絡を入れ、たまたまその日は用事があって自家用車で出勤していたので車で向かおうとしたのを同僚に止められてタクシーで迎えに行き、そうして病院に着いた。

それからのことは、十七年も経った今となっても、実はほとんど記憶にない。私はどうやって霊安室に駆け込んだのか、実希の手を引いていたのか、実希に何と言っていたのか、泣いたのか、崩《くず》れ落ちたのか、叫んだのか。

思い出せるのは、葬儀屋と対面したとき、自分の隣りに上司がいて応対してくれたときからのことだ。心配して一緒に来てくれていたのに、そのときになってようやくそれに気ったのだと思う。自分の所で扱ったと言っていい商品のこと、妻の死を、私は会社の人間に何も気づいたらしい。

身内の葬儀を経験した人なら誰でも頷いてくれるだろうが、ああいうものは喪主や施主がしっかりしていなくてもどんどん進んでいく。私がやったことと言えば、父母や、義母や、妻の学生時代からの親友に電話連絡をしたぐらいのような気がする。

百貨店は販売業であると同時に総合サービス業だ。大げさではなく揺り籠から墓場まで人生の、いついかなる、どのようなときにでも対応できる商品と、それに付する業務に精通している。そういう社員がいる。

職場から喪服の集団がやってきて、葬儀の手続きを文字通りてきぱきと進めてくれていた。交通事故だったので当然病院には警察も来ていたし、事故を起こした相手の関係者も来ていた。保険のこともある。それらも含めてすべて私の良いように、残された私と実希のことを慮《おもんぱか》りながら何もかもが動いていた。

幸いと言っていいのかわからないが、妻に事故の責任はほとんどなかった。相手の居眠り運転だったのだ。

その相手のことを考えるのは、今も辛い。そういう感情は薄れてきてはいるがやはり、憎い。毎年命日には妻の墓にお参りしてくれているらしいが、当初はそれさえも許す気にはなれなかった。

実希は、ずっと泣いていた。泣きつかれて眠り、起きてはまたすすり泣くということを繰り返し、起きている間は私のそばから決して離れなかった。ずっと私の手を探し求めて握っていた。私の手がふさがっているときには背広の裾《すそ》を摑《つか》んでいた。

大きくなってから、そのときのことを話し合ったが、母親の死というものをはっきりと認識していたという。死んでしまった。それはもう二度と会えなくなることだと思っていた。それが悲しいというより、どういうことになってしまうのかがわからなくて、怖かったと。

そう言っていた。

「そうか」

小さく頷き、柴山が煙草《たばこ》に火を点けた。

「そういや、そんな話を聞いたのは初めてだ」

「かもな」

柴山には、いろいろと世話になった。当時はまだ奥さんだった香奈子《かなこ》さんが実希のことを心配して、何くれとなく世話をしてくれたこともある。もちろん感謝している。この年になると仕事抜きでの友人などほんのわずかになってしまう。ましてや、自分の人生の大半を知り理解してくれる友人は、貴重な存在ではないか。

柴山はその一人だ。いや、たった一人のそういう友人かもしれない。

「葬儀が終わって、四十九日をする前に実家に引っ越したろう」

「そうだな」

まだ小さな実希と二人で暮らしていくのは無理だと判断した。当時、いちばん忙しかった婦人服を担当していた私は配置転換を願った。人事部にだ。実希のために、定時に上がれる職種を選んだのだ。

そうして家も、都内にあったそのマンションを引き払い、まだ存命だった父母のいる小平《こだいら》市の古い家に引っ越そうと決めたのだ。まさかそれから三年後に父が、その半年後に後を追うように母が亡くなってしまうとは思いもよらずに。

「それでな、引っ越しの際に聞かされたんだ」

「その確執とやらをか」

話してくれたのは、佳実と親しくしていた同じマンションの奥さんだった。

妻が、佳実がお隣りの古市さんの奥さん、景子さんとの折り合いが悪くてずっと悩んでいたんだと。

「悩んでいたのか」

「そうらしい」

景子さんの個人的なことなど、ほとんど私は知らない。どこの出身でどういう女性なのかということは、たぶん妻から少しは聞かされていたと思うのだが覚えていない。

「あくまでも、その奥さんが言うにはだけどな」

「あぁ」

近所の奥さんたちの間でも、景子さんは敬遠されていたらしい。何故かと訊けば、見栄っ張り、嘘《うそ》をつく、あることないことをでっちあげる。そういう言葉が返ってきた。表と裏の顔を使い分ける、などという話も出た。

その被害を、いちばんに受けていたのは隣りに住んでいた佳実だったと言うのだ。

「本当にか」

「どうも、そうらしかった」

そう言われてみれば、そんなような話を以前に佳実がしていたような気がした。お隣りさんだから無視するわけにもいかないで困る、ということも話していたのではないかと思い出した。

「もちろん、それが佳実の事故にどうこうってわけじゃないぞ」

「そうだろう」

事故はそれとはまったく関係ない。あくまでも、隣人の奥さんはそういう人だったという話だ。あの頃もっと真剣に佳実の話を、愚痴を聞いてやれば良かったと後悔した。それでどうなるものではないだろうが、確かに悔やんでいる。申し訳なかったと墓参りの度に思う。

そして今は、悩んでいるのだ。

「そうか」

柴山が、煙草の煙を吐きだした。

「実希ちゃんが、本当にその男と結婚するとなると」

「そうだ」

実希の愛した男は、そういう女性の、死んだ妻と折り合いの悪かったらしい、景子さんの息子なのだ。

「結婚したら、義理のお母さんになってしまうのか」

思わず溜息が漏《も》れる。

「そういうことだ」

むろん、何を確かめたわけではない。隣人だった古市家と縁が無くなってから十七年も経つ。

人が変わるのには十分な時間だ。仮に景子さんがその当時そういうはた迷惑で嫌な女だったとしても、性格が丸くなり人当たりの良い女性になり、そして。

息子の嫁を大事にしてくれる女性になっているかもしれない。

しかし。

「そうでないかもしれない、か」

そういうことなのだ。

「ましてや、だな?」

柴山が言う。

そうだ。

ましてや、もし景子さんが今も死んだ妻に悪い感情を抱いていたとするならば。

果たして自分の息子との交際を、結婚を喜ぶのか。

二　私の家

新宿《しんじゅく》にある会社から、小平市の家まで電車と徒歩でなんだかんだで四十五分。ちょっとでもお店をふらふらのぞいてしまったら一時間以上。

家は、これぞ日本家屋の古民家と雑誌の特集で紹介したいぐらい年季の入った和風の家。おじいちゃんが若い頃に建てたらしくて、おおよそ築六十年。

六十年ってすごいと思う。門のところの格子戸《こうしど》をからからと開けて、ひとまたぎで届くぐらいのスペースに置かれた置き石を三つ数えたらもうガラス戸の玄関。裸電球に白い笠の門灯がまた古めかしい。

きっと、身長一八五センチの真くんがこの玄関をくぐるときには頭を下げなきゃいけないと思う。それぐらい、昔のサイズの家。

正直言って冬は寒いし夏はクーラーがない部屋ばかりなので暑いし、虫はよく入ってくるしどこかしらが傾いているし。お風呂だけは立派なんだけどね。

確かに趣《おもむき》があるのだけど、それ以外は本当に勘弁してよって思うような家なんだけど。

でも、帰ってくるとほっとするんだ。

お母さんが死んでしまってから、ずっとここが私の家。その前に住んでいた都内のマンションの記憶は、ほとんど薄れてしまっている。間取りとかちょっとしたディテールなんかは今も思い出せるけど。

小学生のときにおじいちゃんとおばあちゃんと四人で暮らし始めて、今はお父さんと二人で暮らす家。

「うーん」

花恵《はなえ》が玄関に一歩足を踏み入れて唸《うな》った。

「この丸い小石の埋まった三和土《たたき》がたまらないわね」

「でしょ?」

二人で笑った。でも、編集者になっていなかったら〈三和土〉なんて漢字がすぐには頭に浮かばなかったと思う。

「さ、どうぞどうぞ。仏頂面の父はいませんので」

「おじゃましまーす」

お父さんが珍しく出張でいない夜。たまたま以前から家に遊びに行きたいって言ってた同期の花恵も早く上がることができたので連れてきた。もちろん、前から飲みたいって言って九州の地酒と美味しそうなお総菜をデパ地下で仕入れてから。花恵は会社の机の中に常に入っているお泊まりセットも持って。着替えはないけど、それは朝になっていったん自宅に戻ってから出勤すればいいだけのこと。時間に不規則な編集稼業に許されるささやかな特権みたいなもの。

居間に入った花恵が、きゃあ、と小さく言った。

「本当に映画のセットみたい」

「でしょでしょ」

和室に縁側に雪見障子《しょうじ》に、座卓に振り子式の掛時計に古ぼけた茶箪笥《ちゃだんす》。部屋の仕切りはこれも古ぼけて色褪《いろあ》せた襖《ふすま》。もう間違いなく小津安二郎《おづやすじろう》監督の映画を今からでも撮れる部屋。

「ここでいつもご飯を食べるの?」

「そうよ」

廊下の奥にある小さな台所でご飯を作って、そこからこっちに持ってきてお父さんと差し向かいで。

いいわぁ、なんて言いながら花恵はきょろきょろする。雪見障子を上げたり下げたり、縁側の黒ずんだ板の上でつぃーと足を滑《すべ》らせてみたり。

「ほら、まずは部屋着貸すから着替えちゃおう。お風呂も沸《わ》かすから」

一人暮らしをしたいって思うことは、よくある。小さいけれど希望だった出版社に就職できて、予想はしていたけど編集者というその仕事の過酷さとにかく夜遅くなる日々を経験し始めたら尚更《なおさら》。

通勤に小一時間掛かるなんていうのはまぁそれほど珍しいことじゃないだろうけど、とにかく時間が惜しい。一刻も早く家に帰ってばたんと倒れたい、もしくは自分のことがしたいのにお父さんと一緒に暮らしていると、そちらにも気を遣《つか》わなきゃならない。ましてや終電で帰ってきたり、タクシーで午前様なんてことになると、それはまぁお父さんの機嫌が悪い。ただでさえ顰《しか》め面がデフォルトみたいな人なのにますます仏頂面になる。

「怒られるの？」

お風呂から上がってスッピンの花恵の肌《はだ》はまるで赤ちゃんみたいにつるつる。どうしてこの子の肌はこんなにもきれいなんだろうっていっつもうらやましくて、つい触ってみたくなる。

「怒りはしないよ。編集の仕事も理解してくれてるし」

百貨店に長く勤めているお父さん。今でこそ人事部の部長さんだけど、若い頃は婦人服や紳士服の売り場にも立っていたそうだ。

「ファッションにもそれなりに詳《くわ》しいの」

「へー」

流行というものを追っていかなければならない仕事だったから、勢い雑誌とかそういうものもよく読んでいたようだ。かつては百貨店を取材にやってくる実際の編集者たちとも知り合いになることがあって、編集という仕事がどういうものかもその中で理解していった、という。

だから、私が仕事で遅くなることに関しては、若い娘が何をやってる、なんて怒りはしない。作家さんとの打ち合わせや飲み会で午前様になっても、文句は言わない。

「でもね、やっぱり二人きりの家族だし」

家のことをやってあげたい。掃除も洗濯も炊事も、できれば私がやってあげたい。もちろんお父さんも家事はなんでもできるんだけど。

おじいちゃんおばあちゃんが死んじゃって二人きりになったとき、私は中学一年生になっていた。

「おばあちゃんがね、お母さんがいなくなっちゃったんだから、一人でなんでもできるようにって」

「いろいろ仕込んでくれたんだ」

「そうそう」

ここに引っ越してきたのは小学校三年生のとき。それから私はお掃除やお洗濯や毎日の食事を作るお手伝いを本格的に始めた。

もともと、家事は好きだったみたいだ。おばあちゃんに教えられる通りに部屋に掃除機を掛けたり、雑巾《ぞうきん》を絞《しぼ》って縁側を拭《ふ》いたりもした。私の作る料理はおばあちゃんの味だなってお父さんもときどき言う。

「でも、お父さんもそれからずっと独り身だったわけでしょう？　実希は学校に行ってるわけだから」

「そうそう」

お父さんと家事を分担してやっていた。朝ご飯とお弁当は二人で作ったし、晩ご飯は、私が作るときもあったし、お父さんも人事部に異動して九時五時で上がれるようにしてくれたので、帰ってきて二人で作ることもあった。

「あ、ご飯炊《た》けた」

「食べよう食べよう」

五穀米《ごこくまい》のご飯に、デパ地下で買ってきたアジのフライに春雨のピリ辛サラダとヘルシーロールキャベツ。あとは冷蔵庫に入っていた煮豆と昨日の残り物のレンコンのお煮しめをチン。お味噌汁は葱《ねぎ》と油揚げだけで簡単にささっと。

「いただきまーす」

仕事をしていると、晩ご飯は早く食べられることがいちばんだって思ってしまう。花恵がどれどれってお煮しめのレンコンを箸《はし》で抓《つま》んだ。

「これ、お父さんが作ったの？」

「そうそう」

ぱくっと食べて、あぁ美味しいって微笑む。

「私の父親なんか料理まったくできないよ」

「それは、お母さんが家にいるからでしょう」

私のお父さんは必要に迫られて覚えたものなんだから。

「きっとお母さんがいたら、何にもしない父親だったと思うよ」

「そうなの？」

そんな気がする。お父さんの親友の柴山さんの話では、お父さんは外面はすごくいい人だそうだ。どんなことでも器用に着実にこなして、いつも微笑みを絶やさない真面目で丁寧な男。でも、独身の頃の部屋なんかものすごく散らかっていたし料理なんかしたことなかったって。友達といるときはもちろん、お母さんと恋人同士だったときも常に仏頂面だったって。

「それがシブイって言うんじゃない」

花恵は何度かお父さんに会ったことがある。最初は本当に偶然なんだけど、私と一緒に益美屋百貨店に出掛けたときに店内でバッタリと。

それ以来、花恵はお父さんのファンだ。あのシブイ雰囲気がたまらないって。お前はオヤジ萌《も》えするのかと問いたい。

「いいわぁ料理も家事もできる五十代」

好物だっていうアジのフライにぱらぱらっとお塩をかけて、花恵が言う。やっぱりシブ好みよね。私はアジのフライには絶対にソース。

「で?」

「で? って?」

何よぉ、と花恵が眼を三日月の形にして、にまっ、と笑う。

「聞かせてよ。運命の出会いを」

「あぁ」

そうよね。その話を聞きに来たようなもんだもんね。

「根掘り葉掘り訊くからね」

「いやよ」

「付き合って一年になるのに今まで黙っていたバツよ」

黙っていたわけじゃないんだけど。たまたまそんな感じになってしまっただけで。

「幼馴染みとの恋なんてね」

そう、本当に。

「幼馴染み、というほど記憶にはないんだけど」

まだお父さんとお母さんと三人で暮らしていたマンション。そのお隣りさんだった真くん。

確かに、幼馴染みなんだ。だって私が生まれてすぐにそのマンションにお父さんとお母さんは引っ越してそれから九年間そこにいて、真くんも私より二年前に生まれてすぐにそこに引っ越して。

物心って何歳ぐらいにつくんだろう。

とにかく気がついたら、真くんはお隣りの部屋にいた。お隣りにいる優しいおにいちゃんだった。

「真くんって呼んでるの？」

「そう」

だって、その頃はずっとそう呼んでいて、偶然にも再会した一年前も思わずそう呼んでしまったんだから。

「真くんって」

「うん」

二人で遊んだ記憶を、再会したその日にスタバに入ってあれこれ話し合った。真くんの家にあったマグネットのパズルを私が大好きで、それはいつの間にか私の家にあった。それは真くんが「持っていってもいいよ」って言ったんだそうだ。全然覚えていなかった。

「毎日一緒に遊んでいたんだ」

「そうでもない」

記憶にあるのは、私が幼稚園ぐらいのときまで。そう言ったら花恵も日本酒の蓋《ふた》を開けながら、あぁ、って頷いた。

「小学校に上がると、同級生と遊ぶもんね」

「そうなの」

私が小学一年生になったとき、真くんはもう三年生だった。いくらお隣りの子とはいっても、下級生の女の子と一緒に遊ぶことなんてない。私は私で同じクラスのみっちゃんたちと毎日毎日遊んでいたし。

「あ、でもね」

「なに」

とくとくとくとく、と、花恵が小気味よい音を立てながら日本酒を徳利に移し替えていた。酒は徳利からお猪口に注がなきゃあかん、とか言う花恵ってマジでオヤジ。

「両方のお誕生日の夜は、どっちかの家でお祝いしていた記憶がある」

確か、引っ越しする年まで。

「じゃあ、お隣りさん同士、親も仲良しだったのね」

お猪口になみなみと手酌《てじゃく》でお酒を注いで、くいっ、と飲む。これでぷはぁーとか言ったら殴《なぐ》ってやろうと思ったけどさすがにそれはなかった。

「仲良し、だったと思うよ」

そんなこと考えたこともなかったけど。

「お父さんや、向こうの親御さんに訊いてないの？　一回ぐらい会ったんでしょ」

結婚の約束をしたんだからって花恵は言う。

「お父さんには訊いてないな」

真くんの名前を教えて、あのマンションでお隣りに住んでいた真くんだよって教えたら、本当に驚いていた。

「向こうのご両親には一度だけね」

外で食事をした。正式なご挨拶《あいさつ》とかそういうんじゃなくて、たまたまご両親の結婚記念日に外で食事をするから、そのときに紹介するよって感じで。

「どうだったの？　緊張した？」

それはもう。

「でもね」

会った瞬間に私は思い出した。あぁ、マンションのお隣りのおばさんとおじさんだって。だからその瞬間に緊張感は消えて、ただただ懐《なつ》かしいって感情ばかりになってニコニコしていたと思う。

ご両親の、古市敏之さんと景子さんご夫妻も最初はちょっと緊張していたように感じた。私に見せた笑顔がほんの少し強ばっていたと思うんだけど、真くんが私の名前を言った瞬間に、びっくりしたような顔になって、その後に全然違う笑顔になってくれたんだ。

「『実希ちゃん？　実希ちゃんなの⁉』っておばさんは手を叩いて、それから私にだだだーって近づいてきて腕を取って、『大きくなって！　美人さんになっちゃって！』って」

「あぁ」

花恵が苦笑いした。

「いかにもって感じの再会シーンね。親戚のおばさんに久しぶりに会ったみたいな」

「そんな感じ」

真くんのお父さんも喜んでくれた。まさか、大人になった私に会えるなんて思ってもみなかったって。そして、ほんの少し言い辛そうに言った。

「『お母さんにそっくりになったね』って」

こくん、と、花恵は少し微笑んで頷いた。

「ちょっと嬉しかったでしょ」

「うん」

嬉しかった。もう二度と会えないお母さんに似てきたって言われることは、嬉しい。その気持ちは花恵も知っている。

実は花恵も、小さい頃にお母さんを亡くしている。花恵の場合は病気でだけど。その後再婚したので今は継母であるお母さんはいるんだけど。そういう似たような家庭環境もあったのかもしれない。私たちが今こんなに気が合って仲良くしているのは。

「じゃあ、安心なのね。結婚しても向こうの両親とは」

うまくやっていけそうなんだって花恵が言った。

「それはもちろん」

やってみなくてはわからないし、別に同居するわけではないけど、真くんは一人息子。いずれそういう状況になるのかもしれない。

「でも、たぶん大丈夫」

その後の食事も、私と真くんの小さい頃の話に花が咲いて、とても楽しい食事会になった。その当時のお母さんとのことも、景子さんはいろいろ話してくれた。

真くんが、まだ私のお父さんに挨拶に行ってないから勝手に電話とかしないようにって釘を刺したときも、ご両親はうんうんって笑って頷いていた。

「『孝彦《たかひこ》さんは真面目な人だし、実希ちゃんのことを溺愛《できあい》していたからね』って真くんに、大変だぞって言っていた。

「そうよねぇ」

花恵も頷く。

「どういう反応だったの？　お父さんは」

「うん」

びっくりはしていたけど、そうか、って言っていた。

＊

怒りもしないし喜びもしない。ただ黙ってしまって何かを静かに考えているふうだった。

「駄目《だめ》、なのかな？」

「何がだ」

「何って」

真くんを連れてくること。そう訊いたら、いや、と軽く首を横に振った。

「駄目も何も、会ってみなければ何も始まらないだろう」

「じゃあ、連れてきていいのね」

あぁ、ってお父さんは頷いて少し微笑んでくれた。でも、その眼は全然笑っていなかった。もちろんそういう雰囲気は予想済みだったけど。

「真くんは、どんな男になった」

笑っていなかった眼が、ほんの少しだけ柔《やわ》らかくなって私はちょっと安心したんだ。

「すごく大きくなってた」

「それはあたりまえだろう」

「そうじゃなくて、本当に。身長一八五センチ」

それはでかいなって言ってお父さんは微笑んだ。お父さんは一七一センチだからちょっと見上げてしまうかもしれない。

「真くんは」

「うん」

「優しい男の子だったな」

私と遊ぶときは、いつも私の言うことを聞いてくれたって。私に合わせて遊んでくれていたってお父さんは言った。優しい表情になって。

「良かったなって思ったよ」

「良かったとは?」

「こういう優しい男の子がお隣りにいてくれて良かったたって、あの頃思ったよ。乱暴なクソガキじゃなくて良かったって」

それは、お母さんも言っていたそうだ。

「今も変わらないよ。優しい人」

そうか、ってお父さんは小さく頷いて、微笑んでいた。

「古市さんには、向こうのご両親には会ったのか」

「一度だけ」

お元気だったか、とお父さんは訊いた。

「お元気でした。私に会って、とても懐かしがってくれた」

「そうか」

そうか、って二回繰り返した。晩ご飯の後に淹《い》れたお茶を、ずっ、と飲んだ。

「結局、古市さんとは引っ越して以来一度も会っていないし、手紙すら出していない」

「そうなんだ」

「何度か考えたんだがな。お前も連れて一回ぐらい会いに行こうかと。お前たちは
お前と真くんは仲が良かったからなって。

「覚えていないか」

「なにを？」

「引っ越したのは平日だったんだ。いろいろ事情があって平日の朝に引っ越しをしたんだ
が、真くんが学校を抜け出して会いに来たんだぞ」

「そうなの？」

それは、覚えていない。いや、真くんがそのときにいたのは覚えていたけれど。

「小学校はマンションの眼の前だったからな。きっと前の晩にでもご両親に聞いていたんだろう。明日の何時から引っ越しだって」

「そうなんだ」

「あの場面は、何故か今もはっきり覚えている」

学校の校庭を横切って走ってやってきた真くんは汗びっしょりになっていて、柔らかな前髪がおでこにくっついていたってお父さんは続けた。

「嬉しくてな。自分の娘との別れをこんなにも惜しんでくれるのかって」

お父さんが、本当に嬉しそうに笑っていた。

「お前と握手していた。お前は、手紙を書くからねって約束したのに、結局一度も出さなかった」

「そうだっけ」

それは、本当に覚えていなかった。きっと、おじいちゃんおばあちゃんと暮らせる嬉しさと、新しい学校に転校する不安でいっぱいいっぱいだったんだと思う。

あとで真くんに謝っておかなきゃ。

「あのね、お父さん」

「なんだ」

「いつでもいいから。お父さんの都合のいいときを教えて」

そうしたら、連れて来るから。

「わかった」

＊

「それっきり、もう一週間」

「まだ連れて来ていいという許可は出ていないわけね」

「そうなの」

にいっ、と花恵は笑う。

「大事な一人娘だからね」

そうそう簡単に嫁には出せんってわけだって言う。

「まぁ」

そういうこともあるかなぁ、と、予想はしていたので、全然焦《あせ》ってはいないんだ。それは真くんも言っている。

無理はしたくない。お父さんの許可が出るまで何ヶ月でも何年でも待つって。そう言ったら花恵はひょーひょーと変な声を出す。

「いいなぁ、それ」

私にもそんなことを言ってくれる人が現れないかなぁって。

「花恵は自分でそれを遠ざけているでしょ」

「そんなことないよぉ」

「ありますよ」

私よりもはるかに美人でスタイルもいい花恵。仕事ができるかどうかは、まぁどっこいどっこいだと思うんだけど。

「おひとりさまを楽しんでいるんだもん」

「まぁ、ね」

それはあるかなって。

「ね、決定的だったのは何なの」

「結婚を決めた？」

「そうそう」

実は。

「よくわかんないんだ」

「トボケたことぬかしてるんじゃないわよ」

「いや、本当に」

実は、マンガみたいだからあまり人には言いふらしてほしくないんだけど。

「ばったり出会って、お茶でも飲もうってコーヒー飲みながらあれこれ話してるのが本当に楽しくて楽しくて、そうやって話している最中にね」

頭のこの辺に。ちょうど私の二つ目のつむじがある辺。

「この人と一緒に暮らしていくんだなぁ、そうしたらきっと楽しいだろうなぁってぼんやりしたものが、どんどん大きくなっていったの」

冗談でもなく、誇張《こちょう》しているわけでもなく、本当にそういう気持ちみたいなものが少しずつ少しずつ、話している間にどんどん大きくなっていって。

「その場で携帯番号もメアドも交換して、もちろん会社のじゃなくて自分の携帯の」

名刺も交換してその裏にそれぞれの自宅の住所も書いてしまった。ちょっとドキドキしながら。

てっきり、なにをぬかしているか少女漫画かお前はって花恵に頭をぐりぐりされるかって思ったんだけど、違った。

花恵は、うんうん、ってニコニコしながら頷いていた。

「わかる」

「わかるの？」

「実希って、そんな感じ」

そうなのか。納得してもらえるのか。

「でもまさか真さんまでそんなユルイことをぬかしたわけじゃないわよね。ちゃんと具体的なプロポーズの言葉はあったのよね」

「それは、もちろん」

付き合って三ヶ月目ぐらいに言われた。

「結婚を前提に考えているんだけど、いいよねって。もし僕の勘違いだったら今のうちにはっきり言ってほしいって」

「なるほど」

そういう男性かって花恵は言う。

「それで、一ヶ月ぐらい前に、『結婚してほしい』ってちゃんと言われた」

「真面目な人なんだね」

「真面目であることは間違いないんだけど」

堅物《かたぶつ》というわけじゃない。悪戯好きだし、ゆるいところはゆるいし。ただ、とてもいいなって思えるところが。

「なになに」

「たとえば、デートしているときにばったり友達に会ったりするとね。最初に私を紹介してくれるの。友達としばらくなんだかんだ喋《しゃべ》った後にじゃなくて」

よぉ、ってお互いに、久しぶりって声を掛け合った後にすぐ。

「こちら、國枝実希さんって。ちゃんとフルネームでしっかりした声で、付き合っている人だって」

「好青年だね」

そう、そんな感じ。

「そうそう」

花恵がポン、と手を打った。

「なに」

「真さんて、一人暮らししているの？」

「違う」

実は、私もちょっと驚いたんだけど。

「まだ、そのマンションに暮らしているんだ」

「実希が暮らしていたマンションに？」

そう。ロイヤルハイツっていう名前のマンションに。

「もう住みはじめて二十七年で、そこの主だよって笑ってた」

ふぅん、って花恵は首を傾げた。

「そんなに長く賃貸に住んでるっていうのは、何かわけがあるのかしらね」

「わけって？」

「父親の会社がすぐ近くだとか、家賃が安いとか」

それは、どうなんだろう。そういえば訊いたことがなかった。

「今度訊いてみなよ」

「どうして？」

真さんがもう二十七なのに同居しているのは、会社が都内だからあえて引っ越す必要も一人暮らしする必要もないって理由で納得できるけれどって続けた。

「それぐらいの男性で、一人暮らしをしないっていうのは、どこかに何らかの事情があるような気がするんだよね。結婚生活を送るのになんらかの支障を来《きた》すような」

「支障？」

あくまでも一般論って花恵は言う。

「嫉《ねた》んでるわけじゃないからね」

「わかってる」

花恵はそんな子じゃない。

「親と同居せざるを得ない、何らかの事情。経済的なものなのか、精神的なものなのか、何なのかはわからないけれど」

結婚するんだったら確かめておいた方がいいって言う。

三　人生における偶然

本当に驚いて、その後に二人で笑い合ってしまった。

　踏まれた靴底が、剝《は》がれたのだ。

「ごめんなさい、本当にすみません」

笑いながらも、そして笑ってしまってごめんなさいと言いながら、その若い娘さんは必死に笑いを止めようとしていたが無理だった。私もそうだ。五十二年生きてきてこんなことは初めてだ。

「いやいや、いいんですよ。もう古靴だったので寿命だったのですよ。どうぞお気になさらずに」

　エレベーターを待っていた。人事部の人間が行う店内巡回だ。社章を外しどこかのサラリーマンのような顔をして店内を歩き回る。

　社員の勤務態度を密かに評定するなどという理由で始まったものなのだが、その実はただの雑談の時間になっている。各売り場にいる古参の社員を訪ね「最近どう？」などと話して終わり。もちろん、何か社内の問題があればそこでそれとなく聞いておくことはあるが、それが評定に直結などはしない。まぁ人事部と売り場の潤滑油《じゅんかつゆ》のようなものだと最近は認識されている。社員の間では〈ミト〉ですか、などと呼ばれることもある。テレビドラマの水戸黄門《みとこうもん》から来た隠語だ。あれほどの権力があれば仕事も楽なのだがとたまに思う。

お客様と一緒に並んで待っていたのだが、少し焦《じ》れるぐらいに箱は下りてこなかった。こういうことがたまにある。

後ろに人が混んできた気配を感じて、一度遠慮して後から乗り直そうと脇にズレようとしたときに、同じタイミングで半歩前に出たその娘さんの靴の先端が私の革靴の踵《かかと》の合わせを踏んだ。

その途端に、靴底が剥がれたのだ。笑うしかない。やってきたエレベーターに、どうぞ、と娘さんを手で誘導した。まだ詫《わ》びを入れたいという表情をしているので、ここの社員ですからご心配なく、と告げた。

「社員割引で安く買えますから」

そう小さな声で、気軽に告げた。娘さんも納得したようだった。けれどもやはりすみませんでしたと頭を下げながらエレベーターに乗り込んだ。

気持ちの良い雰囲気の娘さんだった。素直さを感じさせる笑顔も可愛らしかった。きっと実希と同じぐらいの年齢だったろう。

「さて」

靴底をペタンペタンと言わせながら店内を歩くわけにはいかない。そろそろ替え時かと思っていたのも事実だ。紳士靴売り場は五階にある。

一瞬躊躇《ちゅうちょ》した。売り場に電話を入れて、今誰が店頭に出ているかを確認してから行くべきかとも思ったが、そこまでするのはかえっていやらしいだろう。次の箱に乗って、五階で降りた。真っ正面の奥が紳士靴売り場。

できれば会わずに済ませたい人に、会ってしまう。こういうときは、そういうものなのだ。売り場の中にこちらを見て、あら、という顔をする制服を着た女性が見えた。

「お久しぶりです」

「そうだね」

たぶん、この売り場では最年長だろう。シューフィッターでもある水原志麻《みずはらしま》くん。本来裏で管理と仕入れを担当している彼女が売り場に出るのは不定期でしかも週一日あるかないかのはず。その日に当たってしまったらしい。すかさずその眼が私の足元に行く。

「靴ですか?」

「そうなんだ」

右足を上げてやると、笑った。

「どうしてそんなことに？」

脇に置いてある背の低い椅子に座り、靴を脱いで彼女が出してくれた革のスリッパを履《は》いた。さっき下で起こった出来事を話すと、そんなこともあるんですね、と軽く笑った。

「同じようなものでいいですか？」

「頼む」

黒の革のスリップオン。店内で履くものだから、値段は中程度で軽いものがいい。いつもそうしている。

「たまにはこんなものをどうですか？」

水原くんが持ってきたのはオーソドックスなペニーローファー。色も黒ではなく焦げ茶だった。

「焦げ茶か」

黒でいいと思っていたのだが。

「若い印象が出ていいですよ」

にこりと微笑む。今さら若く見せる必要性はまるで感じないのだが、プロに逆らってもしょうがない。

「じゃあ、これで」

履いてみる。水原くんの手が私の足首に触れる。すっと下につたい靴と足の間に入って行く。踵やつま先の具合をその指先が確かめていく。

「國枝さんの足はものすごく標準的な形なのでいいですね」

「そうか」

以前にも、店内ではない場所で、そう言われたことがある。いや、彼女もわかってい て、わざと言ったんだろう。口元がほんの少し意地悪そうに歪《ゆが》んだのは気のせいか。そう いう眼で見ているせいかもしれない。

「伝票切っておきますね」

「頼みます」

「こちらの靴は廃棄《はいき》していいですね」

二年は履いた黒の革靴を彼女は返事を待たずに箱の中に手際よく仕舞う。

「お嬢さんは、お元気ですか？」

「あぁ、元気だよ」

彼氏を連れてきたいとか言っていた、などと軽い世間話はしない。立ち上がって、それ じゃあ頼みます、とあくまでも上司と部下の軽い会話といった調子を心掛ける。もちろ ん、彼女もわかっている。お疲れさまでした、と、マニュアル通りの姿勢でお辞儀をす る。それを背中に感じて、新しい靴がまだ体温に馴染《なじ》まないうちに、しかしゆっくりと歩 き出す。足早に去るのは失礼というものだろう。

彼女はいくつになったのか。七、八年前に確か三十四、五だったはずだから、もう四十歳は超えているだろう。その後再婚したという情報は入ってきてはいない。

小さく溜息をつく。

人間五十年も生きていれば、あのときは申し訳ないことをしたと、今も微《かす》かな疼《うず》きを感じる出来事も少しぐらいはあるだろう。その中に、女性との秘め事だっていくつか混じるだろう。

離婚した彼女の淋《さび》しさに応えながらも、私が選んだのはまだ思春期といってもいい年頃の娘との暮らしだった。水原くんがどんなによく出来た女性でも、そして娘と気が合いそうだったとしても、自分の母親はただ一人だという実希の気持ちを優先したのだ。

後悔はしていないが、ならば何故彼女の手を取ったのかという申し訳なさはいつまでも残る。彼女が再婚でもしてくれたのならば、その微かな疼きも消えたのだろうが。

「ま、それは」

男の勝手な言い分だろう。

巡回をやり直すために一階に降りようとしてまたエレベーターの前で待ったが、今度もなかなかやってこなかった。もはや昭和の遺物と化している本館のエレベーターのシステムは古い。さりとて全面的に改修する予算もない。お客様が古いことを承知だから助かっているが、本来なら苦情のもとだろう。

百貨店を取り巻く状況は厳しい。バブルの崩壊後その厳しさは何ひとつ好転していない。バブル景気を知る我々古参の社員としては忸怩《じくじ》たる思いはあるが、所詮は小売業。景気次第であっちに揺れこっちに揺れるという立場は変わりないのだ。

百貨店は帆船だと思う。

決して地に根を張る商売ではないというのが、入社三十年の私の結論だ。風を孕《はら》み大海を進む帆船。風がなくなったり、浅瀬に乗り上げれば、船は動かない。動きの止まった帆船をどうすれば良いのか。小舟を出してなんとか生き長らえようとしているだけではどうしようもないのだが。

そんな答えの出ないことを考えていた。きっと、いつもの苦虫を嚙み潰したような顔をしていただろう。社章を付けていれば、お客様の前では決してしない顔を。

エレベーターがやってきて、扉が開いた。

眼の前に、知った顔が、懐かしい顔があった。

彼女の口が、小さく開いた。

まぁ、とでも言うように。

私の頭に浮かんできたのは、今日はなんという日なのか、というものだ。

そんなものなのだ。

偶然という神の悪戯は、二度三度と畳《たた》みかけるようにやってくるのだ。これで、二度目。

「今まで」

彼女が、ふっ、と微笑む。その笑い方もよく知っている。まだ二十歳そこそこだった頃から少しも変わっていない。

「何十回も、ひょっとしたら何百回もここに通っているのに」

一度もばったりと会ったことないのに、と続けた。

「そうだな」

スーツの上着を脱いで、椅子の背に掛けていた。六階の奥にある喫茶室〈ラ・ボエーム〉。いまだに昭和の薫《かお》りを漂《ただよ》わせる古くさい内装は、実はひそかな人気スポットだ。このしばらくは昭和へのノスタルジーを求める人たちでいつも混んでいる。右肩下がりの益美屋百貨店の中で、この店だけが右肩上がりで売り上げを伸ばしている。

彼女は、片岡綾乃は、年齢で言えばこの店にふさわしい。同級生だが早生まれなのでまだ五十二歳になったばかりだろう。それなのに、若々しかった。以前に会ったのは大学の同窓会のときだから、もう十年も前になる。

四十代だったそのときもまるで十歳は若い様子に驚いたが、そのときとまるで変わりのない様子にまた驚いていた。決して元恋人だから眼が曇《くも》っているわけではなく。

「いつまでも若いな」

素直な気持ちを言った。あらありがとう、と、彼女は微笑む。

「あなたは白髪が増えたわ」

「あぁ」

「瞼《まぶた》の下も弛《たる》んできた」

「勘弁してくれ」

笑った。

「五十二だ。どこもかしこも弛んできたって仕方がない」

「大丈夫よ」

そう言って、口に手を当てて微笑む。

「見た目はまだまだ弛んでいないわ。見たところお腹も出ていないし。四十代とサバ読んでも大丈夫よ」

「サバ読んでどうするんだ」

「感心しているのよ。さすが客商売だなって」

店にいるときにはお客様に見られていることを、常に意識しなければならない。そういう意味では百貨店の社員は、芸能人と同じだと言う。

「人の眼を意識すれば、自然と人間は身なりや立ち居振る舞いに意識を向ける。そうすれば、見た目も自然と若くなるのよ」

「まぁ、そうかもしれないね」

裏方に引っ込んでしまった私はそうでもないとは思うが、今も店頭に出ている同年代の連中は確かに若い。気が若いのだ。では、綾乃のこの若々しさはどこから来ているのか。

そういえば、彼女を先日柴山と酒の肴《さかな》にしたばかりだった。二股を掛けられたと。

大学時代の恋人。

三年付き合って、別れた。三年のうち二年は同棲していた。二年も暮らせばお互いの長所も短所も知り尽くす。別れた後も何度か会っているが、時が経てば経つほど、まるで別れた女房のような感覚が大きくなってくる。

「実希ちゃんは元気?」

「あぁ、元気だ」

さっき、違う女性と、しかも同じように情を交わした女性と同じ会話をしたばかりだと心の中で思う。

「いくつになったのかしら」

「今年で二十六になるな」

微笑んで、頷く。そういえば彼女の子供ももうそんな年頃だったはずだが。旧姓の片岡さん、と呼びそうになって、石野《いしの》さんのところは、と言い直すと丸い眼を少し細めて、悪戯っぽく微笑んだ。

「良かったわ」

「何がだ」

「お知らせする機会に恵まれて」

お知らせ?

小さく顎《あご》を動かしてから、ほんの少し唇を歪ませる。

「私、離婚したの。片岡に戻ったのよ」

「そうなのか?」

それは、驚いた。

「いつだ?」

「娘が結婚した二年前」

そうだったのか。そして娘さんは二年前に結婚したのか。

「何故また、と訊いてもいいのかな?」

にこり、と微笑む。

「構わないわ」

それでも、一度口をつぐんで、紅茶を一口飲んだ。飲んで、大きな窓の方に眼をやり、外を一度見た。

「ずっと考えていたことなの。娘が独り立ちしたら、結婚してこの家を出たら私も出ようって。夫と離婚しようって」

「ずっと、とは」

首を少し傾げた。

「そうね、娘が小学校に上がったぐらいからだから、二十年近くも前からかしら」

「二十年？」

思わず声が出てしまった。

「そんなに長い期間離婚を考えながら、一緒に生活していたのか？」

「そうよ」

事も無げにそう言って、彼女は微笑む。

正直、驚いた。それは一体どんな小説かと。現実にそんなことを考えて実行する人がいるのか、と。

しかし、思い直す。

そういえば、そうだったかもしれない。彼女は、片岡綾乃というのはそういうしたたかな女性だったことを自分は知っていたのではないかと、思い出した。

それにしても、と思う。

旦那さんは大きな会社の重役だったはずだ。高級住宅街の大きな家に暮らし、ブランド物の服を着て自分の車を動かし毎日どこかへ出掛けていく何一つ不自由ない暮らし向きだと、以前も同窓会のときに、誰かから聞かされた。

今も、彼女の着ている服は海外の一流ブランドのものだ。しかもそれをさり気なく、日常のものとして着こなしている。私も婦人服上がりの人間だ。それぐらいは、わかる。それなのに。

「何の不満があったんだ?」

「不満は、ないわ」

答えは全部用意してあるという様子で、彼女は言う。

「ただ、もう夫を好きじゃなくなった、ということだけ」

「好きじゃなくなった」

そう、と、頷いた。

「でも、子供のために一緒に暮らしてきたのよ。あの子が、両親の離婚というもので心に傷を負わず、社会的に痛手を感じなくなる大人になるまで、待っていたの」

思わず息を吐《つ》き首を横に小さく振った。苦笑いをしてしまい、それを見て彼女も同じように微笑む。

「良かった」

「何がだ」

「あなたなら、そんな風に笑ってくれると思っていた」

それは、他人だからだ。いや、他人の中でも特別な立場。元恋人という立場だから苦笑いで済ませられるのだ。おそらく、彼女の周りでは相当な風が吹いたのに違いない。

それでも、その風を平然と彼女は受け流したのだろう。

「旦那さんは納得したのか」

「あなたなら、納得する？　ごめんなさい、奥様を亡くした方に失礼かもしれないけれど」

「いや」

妻を話題にすることが苦しかった時期は、もうとうに過ぎた。今はいつどんな場面でも、懐かしさとともに話すことはできる。

「そうだな」

考えた。好きじゃなくなった、か。

「嫌いになった、じゃないんだな」

「そうね」

好きじゃなくなった、という言葉は、何かしら強さを感じさせる。嫌いになったと言われるより、納得せざるを得ないかもしれない。

「妻にそんな風に言われたのなら、納得したかもしれないな」

「そうでしょう？」

「では、今は一人暮らしというわけだ」

「実家でね」

「実家に戻ったのか」

当然よ、と彼女は言う。

「手に職もない元専業主婦がおいそれと一人暮らしなどできるはずないでしょう」

まぁ、それはそうだ。

「お母さんは」

確か、前に会ったときに、お父さんが癌《がん》で亡くなったという話は聞いた。

「元気よ。もう七十八だけどまだどこもかしこもしっかりしているわ。娘が突然帰ってきたので、余計に元気になったみたい」

「それは」

まぁ良かったのだろう。人間、何かで張りが出来ると元気になるものだ。

「しかし君は確か、お茶の先生だったろう」

それで生計を立てられるのではないかと訊くと、その通りよと頷いた。既にお茶の教室を開いていくばくかの生活費を稼いでいると言う。

「お陰様で、夫は出す必要もないのに、慰謝料代わりに少しばかりを渡してくれたし」

ふいに、彼女が少し前に身を乗り出した。私の顔を覗《のぞ》き込む。

「なんだ」

微笑んだ。

「何か、悩み事があるのかしら」

「え？」

「実希ちゃん、結婚相手でも連れてきた？」

思わず、目を瞠《みは》った。

「どうしてわかるんだ」

「やっぱり」

身体を起こして、さも可笑《おか》しそうに口に手を当てて笑う。

「何十年経っても癖《くせ》って抜けないのね」

「癖？」

「あなた、何か言いたいことがあるときには、そうやって右手の親指と人差し指をすり合わせるのよ」

思わず自分の指を見た。そういえば無意識にやっていた。

「しかし何故それで実希の話だと」

当然よ、と、微笑む。

「もう何の係わりもない昔の恋人にばったり会って、何か言いたげにしているなんて自分の家族のことしかないでしょう。あなたは再婚したって聞かないし、実は再婚しようと思っているなんて話をこんなところでするようなデリカシーのない人じゃないわ。では、実希ちゃんのことかなって。そうなると」

「娘の結婚のことしかない、か」

「そうよ」

昔から頭の回転の速い女性だった。参った、と苦笑いする。大体この女性に勝ったと思ったことなど、付き合っていた頃も一度もなかった。

確かに、実希の結婚のことが頭に浮かんでいた。身近に相談できる母親のような年齢の女性は、いない。いたとしてもややこしくなるのでしたくはない。

その点、彼女なら、綾乃なら気心も知れている。どうしたらいいもんか訊いてみようかという思いが頭をよぎっていたのは確かなのだ。

綾乃は、左手首を上に向けた。

「聞いてあげたいけど、ちょっと人に会う用事があってもう時間がないの。夜なら空いているのだけど、どうかしら」

「夜か」

「お互い独身なのだから、ご飯を一緒に食べるぐらい何でもないでしょう?」

まぁ、確かにそうだ。

実希には、〈人と会って食事をしてくる。そんなに遅くはならない〉とだけメールをする。〈わかりましたー。私も遅いけど終電前には帰ると思う〉という言葉の後に絵文字が入ったメールがすぐに返ってきたが、それだけだ。

実希が社会人になってからは、互いに余計な詮索はしないようにと決めた。晩ご飯は外で食べるか家で食べるか、遅くなるかならないか、それだけを把握しておけばいいということにしてある。

もちろん、男親としては心配なのでいろいろ訊きたいことはあるが、そこは我慢している。一年も我慢をすれば、割りと何でもなくなるものだ。元より出版社の編集という仕事が時間に不規則で、女性といえども夜遅くまで仕事をしなければならないことは承知している。

何より、実希は真面目な子だ。それは親の欲目ではなく事実だ。人様に迷惑を掛けるようなことはしないだろうし、慎重な性格の子でもあるからトラブルをきちんと避けるようにする。

大人になれば、何もかも自分で処理しなければならないのだ。親にとって子供はいつまでも子供だが、余計な手出しなどしない方がいい。

どうしようもなくなったときに、頼られる存在であればいい。頼ってくれればいい。そういうものだ。そうしていつまでも頼られる存在であるべく、毎日を生きていけばいい。親とはそういうものだと思っている。

＊

「淋しいでしょう」

綾乃がそう言う。

「まぁ」

淋しくないと言えば嘘になる。

待ち合わせたのは、東京駅の近くにある中華料理店だった。個室になっていて煙草も吸える。職場からも歩いて来られるし、家に帰るのも一回の乗り換えで済む。いろいろ気を遣って店を決めてくれたらしい。日暮里《にっぽり》に住む彼女は乗り換えなしで済むのだが。

「まだ実感はないけどな」

いつか、家から娘がいなくなる。その日が近づいている。

「母と娘は、また違うんだろうな」

「そうねぇ」

頼んだジャスミン茶を飲んで頷く。

「もちろん人それぞれだろうけど、母娘の場合はお嫁に行って淋しいというよりは、頑張れという気持ちが強いのかな」

「頑張れ、か」

「そこの家の人間になる、という感覚を男が味わうことはほとんどないでしょう。婿養子《むこようし》は別として」

「そうだな」

確かにない。

「そういう感覚が、日本の女性にはＤＮＡに組み込まれているんじゃないかって気がするわ」

それは大げさだろうが、言わんとすることはわかる。

「いろいろと大変なのはわかってる。だから、頑張れって」

そういう気持ちで一杯になるという。

「娘さんは、向こうで順調なのか」

「さぁ、って」

綾乃が微笑む。

「そんなものよ。何かあれば言ってくるだろうし、何もないのはうまくいってるからだろうし。女はね、男より肝《きも》が据《す》わってる生き物なのよ。肉体の強さがない分ね」

前菜が運ばれてきて、彼女は美味しそうと言いながら箸をつける。

「それで？　実希ちゃんの結婚相手に問題があるんじゃないでしょう？　ご両親の方がどうかしたの？」

「何故わかった」

「私に相談するのなら、そっちでしょう。相手の男に問題があるのなら相談なんかしない。あなたがぶっとばせば済むことじゃない」

確かにそうだ。顔を見合わせ、笑った。

「あなただって若い頃は結構な武闘派だったじゃない」

「勘弁してくれ」

そんな乱暴者ではなかったはずだが。私も箸を持ち、前菜の、たぶん帆立《ほたて》の煮物を口に運んだ。

「彼はな、実希の幼馴染みなんだ」

「あら」

先日、柴山にした話を彼女に繰り返した。

新婚当時からしばらく住んでいたマンション。隣人。二歳上の男の子。旦那さんと奥さん。そういえば、その頃のことは同窓会で彼女に話していたような気もする。生まれたばかりの実希の写真なども見せたのではないか。

綾乃は黙って、前菜を食べながら話を聞く。話し上手でもあるし、聞き上手だ。

大学時代、彼女は常にトップクラスの成績を収めていた。器量の良さと同時に気《き》っ風《ぷ》の良さで、男にも女にも好かれていた。柴山などは、彼女は政治家になった方がいいんじゃないかと言っていたな。

思えばそんな女性が私と、たとえ二股になるようなことがあったとしても付き合って、同棲までした仲だったというのは不思議といえば不思議なのだが。

話も中盤に差し掛かったところで、彼女は口を開いた。四川《しせん》料理のいかにも辛そうな、しかし美味しそうな麻婆豆腐《マーボーどうふ》が運ばれてきていた。

「ちょっと待ってちょうだい」

「なんだ」

「相手のお母様、古市景子さんと言った？」

そうだ。頷いた。

「古い、に、市？」

「そうだな」

箸を置き、横に置いたバッグに手を入れ、携帯を取り出した。何をするのかと見ていると、画面を操作してから、ぐい、と私の方にディスプレイを向けた。

「この人？　右端の」

「え？」

身を乗り出してディスプレイを見つめた。和装の婦人が、どこかホテルとおぼしきところの入口に並んでいる。同じように微笑み、カメラの方を見ている。

「あ」

思わず、声が出た。

「古市さんだ」

驚いた。十何年も会っていない。どんな顔をしていたかという記憶も朧《おぼろ》げになっていたのに、すぐにわかった。

「間違いない。この人が、古市景子さんだ」

うん、と、彼女が頷き、携帯を自分の方に向けた。

「二十代後半の息子がいて、もう長い間同じ賃貸マンションに住み続けているって言ってた。旦那さんは薬局勤めなんでしょう？」

「そうだ」

その通りだ。

しかし、何故。

「君が、古市さんの」

にこりと微笑む。

「本当に、神様の仕組んだ偶然ってあるものなのね」

携帯をしまって、言った。

「彼女、私のお茶の教室の生徒さんなのよ。もう一年ほど通っているわ」

人生にはきっと何度かあるのだろう。そういう偶然が。

こうして昔の恋人と十年ぶりにばったり出会い、さらにはその恋人が古市さんと知人になっていたとは。

神様の仕業以外の何物でもない。

ならば、それを有効活用させてもらうまでだ。

「すると、古市景子さんをよく知っているのか」

彼女は首を小さく傾げた。

「知っているといえば知っているし、知らないといえば知らないし」

「どっちなんだ」

「だって」

微笑む。

「あなたが知りたいのは、娘の義母になる予定の女性がどんな女性なのか、本当に大丈夫なのかってことなのでしょう？」

「そう、だな」

「それは私にはわからないわ。私が知ってる古市景子さんは、生憎《あいにく》と師範にはなれそうもないけど、ほぼ同年代で、明るくて元気な生徒さんっていうだけ。個人情報は確かに知ってはいるけれど、教室以外のお付き合いはないんだから」

そうか。

煙草が吸いたくなってきた。神の悪戯は私のささいな悩みを解決してくれるものかと思ったが、そうでもなかったか。

ただの偶然でしかなかったか。

「でも」

彼女が、唇を少し歪めた。

「これから深いお付き合いをすることは、簡単にできるわね」

それは、どういう意味なのか。

四　お父さんの恋人

「まだなの？」

花恵が本気で驚いた顔をした。

「うん、まだ」

会社から歩いて五分の距離にある美味しいうどん屋さん。女性向けに半分の量のうどんがあったり、小鉢料理がたくさんついたセットがあったりして人気のお店の中。午後二時三十分過ぎでギリギリランチタイムに駆け込んで二人で向かい合っていた。

同じ出版社でも部署が違うとまるっきり一日のスケジュールが違うから、お昼ご飯食べましょー、とメールし合ってもなかなか予定が合うことがない。一週間に一回一緒に食べられればいい感じ。

花恵はさらに本気で心配そうに眉間《みけん》に皺を寄せた。

「お父さん、マジで結婚に反対しているの？」

「違う違う」

これは本当に。私たちのランチと同じでスケジュールが合わないだけ。

「真くんや私たちは一応土日が休みだけど、お父さんは違うでしょう?」

花恵が一瞬考えた。

「あぁ、そっか」

そうなの。

「デパートだもんね」

百貨店自体は年中無休だし、土日が休みというわけじゃない。お店には出ない人事部のお父さんも、休日はシフト制でほぼ平日が休み。

「ええ? でもあなたが小さい頃もそうだったの?」

「小さい頃はね、土曜か日曜のどっちかに休みが来るようにシフト調整してもらっていたの。でも今は」

花恵があぁ、と頷く。

「実希に休みを合わせる必要もないものね」

「そうそう」

「でも、別に休日に会わなくたって、それこそ仕事が終わってからお邪魔するってこともできるじゃない」

「夜は夜でなかなか三人が揃《そろ》う日がないし、遅くなってからバタバタとお邪魔するのは失礼だって真くんも言うし」

「まぁ、実希が忙しいもんね」

「真くんも」

彼も実は九時五時で上がれる部署じゃない。毎日普通に残業している。いやでも、って花恵が割り箸をひょいと動かした。

「お父さん、シフト制だったら少し調整すれば土日でも休みが取れるってことじゃない。お父さんにそうしてもらえばいいだけの話でしょ」

「そう、なんだけどね」

うん、そうなんだ。お父さんに、「来週の日曜日、休みにできない？」って訊けばいいんだけど。そして訊けば、何か特別な仕事がない限りは休みを取ってくれるとは思うんだけど。

「お父さんの方から、言ってほしい、か」

「うん」

花恵がどうかなぁ、って言って箸を置いた。コップのお水を飲んで、カバンからティッシュを一枚取り出してそっと口に当てた。

「お父さんは自分からは言ってこないんじゃないの？　そういう場合」

「うーん」

そうなんだろうけど。

「やっぱり、納得したときに会わせたいから」

お父さんが、真くんに会うから連れて来なさい、って言ってくれないと困る。決心して自分で動いてくれないと。

「じゃあさ、もしお父さんがこのまま何ヶ月も半年も一年もそのままだったら、どうするの？」

そこは、考えものだ。

「一、二ヶ月は待てると思うけど、三ヶ月も待たされたら言ってしまうかも。まだですかって」

真くんは、何ヶ月でも待つって言ってくれているし、私もその言葉を信じてはいるけれど、さすがに何ヶ月も待たせるのは、困る。

「結婚自体を焦っているわけではないんだけど」

「まぁね」

私たちはまだ二十七歳と二十五歳。きっと結婚しても、しばらくの間は二人で働くと思う。だったら早く結婚しなくてもいい、って考える人もいるかもしれないけれど。

そう気持ちが固まってしまったんだから、した方がいいと思う。

「でも、それはやっぱり急かすべきだと思うなぁ」

そうした方がいいよって、花恵は言う。そうなんだよね。

「一度家に遊びに来なさいって、真くんのご両親に誘われているんだ」

「いいじゃない」

「別に堅苦しいものじゃなくて、生まれ育ったところでもあるんだから一度来てみたらって。お父さんには内緒にしておくからって」

「あぁ、そうね。昔住んでいたマンションだもんね」

それは、真くんに出会ったときからずっと考えていたこと。もうすっかり記憶が朧げになってしまっている、小さい頃を過ごしたマンション。真くんとあれこれ話しているうちにどんどん記憶が甦《よみがえ》ってきて、行きたいな、とは思っている。

お父さんには内緒にして、行ってきていいものかどうか。

「行ってくればいい、とは思うけれどねぇ」

やっぱりお父さんへの挨拶を後回しにするのは、気が引けるか、って花恵が微笑む。

「実希はお父さんっ子だからねぇ」

「うん」

そうなんだ。それはもうはっきり自覚している。ファザコンではないと思うけど、お父さんっ子。まぁお母さんがいなかったから自然とそうなったんだと思うけど。

もう充分に大人なんだから、父親にそんなに気を遣うことはないとは思うんだけど、やっぱり。

「真くんも、この後の事はすべて、お父さんにご挨拶してからだって言ってるし」

「そっか」

そこは、きちんとした方がいい。真くんはそういう人なんだし。

日曜日。

誕生日のプレゼントを、真くんに一緒に選んでもらおうと思っていた。お父さんの五十三回目の誕生日。それ自体は一ヶ月も先なんだけど、私はとてつもなく忙しくなってしまいそうだったから。

一緒に文芸書を担当していた先輩が出産と育児休暇に入ってしまう。別の部署から新しい人を入れる話になっていたんだけど、どうもそれが上手くいかないらしくて、先輩の担当作家を部員皆で振り分けて担当することになってしまいそうなのだ。

そうなったら、日曜日にゆっくりデートなんて、考えられなくなるかもしれない。ただでさえ未熟な私は、十一人の担当作家さんを抱えているだけで毎日が必死なのだ。この上さらに八人増えるとなると、一体どんなことになってしまうのか。

「わかってはいるつもりだったけど」

本当に大変だよねって真くんが言う。そう、真くんの会社は、うちの出版社の取引先。

書籍や雑誌の印刷をお願いしている。

「僕が直接編集さんと関わることはほとんどないけど、話はいろいろ聞いてるからなぁ」

「うん」

でも、編集も大変だけど印刷会社はもっと大変。なにしろ、肝心要の部分なのだ。私たち出版社の仕事の最後の最後は、印刷会社であり製本所。印刷の皆さんが頑張ってくれないと本はできあがらない。

「その昔は、出版社と印刷所は毎回大喧嘩《おおげんか》していたらしいね」

「そうなの？」

「うちの会長の話だけどね。高度成長期の頃なんかはどっちも急成長の会社だったから、こっちを優先しろ馬鹿野郎俺たちの言うこときかねぇと印刷しねぇぞ、なんてやりあうのが毎日だったらしいよ」

「あー、なんかわかる」

先輩たち、特にバブルの時期を経験された方々が、似たような話をよくしている。本なんか印刷したって上がりは少ないんだからぎゃあぎゃあ騒ぐなって怒鳴《どな》られた話とか、もう何万部も刷り上がっていた雑誌を止めて全部やり直しさせたとか。

「夢みたいな話だよね。今からすると」

「本当に」

不況であることがデフォルトみたいな時代に育って就職してしまった私たちの世代からすると、その頃の話は本当に嘘じゃないかって思うものばかり。ドラマの中にだってありそうもないエピソードをたくさん聞かされる。

「ところで」

真くんが地下鉄の階段を上がりながら少し笑った。

「本当に〈益美屋〉に行くの？」

「うん」

私も笑った。お父さんの誕生日プレゼントを買いに、お父さんの職場に行く。しかも、きっとお父さんがお昼ご飯を食べに行くであろう時間帯に。もちろん、ばったり会うことを期待して。

普通の社員や店員さんは従業員通用門を利用して外に出るけれど、お父さんたち人事部の人は違うって知ってる。いつも社章を外して、普通のサラリーマンのような顔をして店内をぐるっと廻《まわ》ってから外に出るって。

「それに、そうして店内を廻る仕事もあるんだ」

だから、ばったり店の中で会う確率は高い。出会えなくても、実はお店に出ている人で私の顔を知っている店員さんは結構いるんだ。見かけたらお父さんに内線で『娘さんが買い物に来てますよ』とか言ってくれる可能性もある。

ばったり出会うか、もしくはお父さんがやってくればそこで紹介できる。そして、改めて近々家で挨拶する時間を取ってくれないかって、真くんの口からお願いできる。お父さんの性格からして、そこで曖昧《あいまい》にできないと思うんだ。じゃあ、今度の日曜日とか来週にとか決めちゃえると思う。ところで何で二人でお店にと言われたら、お父さんへのプレゼントを買いに来たんだよと親孝行な発言もできるという一石二鳥。

「お父さんにとってはどこにも逃げ場なしの我ながら完璧な作戦」

　真くんが苦笑いした。

「そんなにプレッシャー掛けなくても、僕はいいんだけど」

「このまま挨拶できなくてもいいの？」

「いやそういう意味じゃなくて」

わかってる。二人で笑い合った。真くんは、実はお父さんに会いたがっているんだ。小さい頃の〈お隣りのおじさん〉を真くんはとてもよく覚えているんだって。私よりも二つ上だったから、そうなのかもしれない。「会うと、いつもにっこり笑って頭を撫《な》でてくれたんだ」って嬉しそうに真くんは言った。

自分の父親より身体が大きくて、ざっくばらんで、豪快だった〈お隣りのおじさん〉の國枝さんが大好きだったたって。

「そこは、娘とお隣りの子の違いなのかもね」

「うん」

私はお父さんのことを豪快だなんて感じたことはない。反対にものすごく繊細な人なんじゃないかって思っているぐらい。

「男の子と女の子の違いもあるかもね」

「そうね」

私は覚えていないんだけど、近くの公園で草野球の真似事をしたことがあるそうなんだ。真くんとお父様と、うちの父親の三人で。もちろん私もいたそうだけど、二人の母親と一緒に遊んでいたって。

「なんて言えばいいかな」

歩きながら、少し首を捻った。

「キャッチボールをしたり、ノックをしたり、ノックってわかる？」

「もちろん」

やったことはないし野球もほとんど観たことないけど知識としてはある。

「やり方が、親父より國枝さんの方が、乱暴だったんだ」

「乱暴？」

「言葉が悪いな、えーとね、國枝さんの方が僕の力量を計りながらも鍛《きた》えるために少しキツめにやってくれたってことかな」

あぁ、なるほど。

「親父は、慎重な人だからね。僕が『もっと強く！』って言えば『よーし』って強く打ったり投げたりしたけど、君のお父さんはもう最初から強かった。バシン！　と来たんだよ。ちょっとびっくりするぐらい」

「ごめんなさい」

二人で笑った。

「いや、僕はそれが気持ち良かったんだ。なんだか、最初っから男として認められたみたいで嬉しかったんだよ」

「そうなんだ」

男の子なんだなぁと思った。

「きっと、お父さんも嬉しかったんだよ。男の子の相手ができて」

「そうかな」

「言ってたもん。大分前の話だけど、もし男の子がいたら何したい？　って訊いたら『野球かな』って」

サッカーも観るけど、野球が大好きなお父さん。

「きっと会ったらその辺の話しかしないかもよ」

「問題は、お父さんが阪神ファンだってことだよね」

そう。熱烈な阪神ファン。何故かは知らないけど昔からずっと。真くんはサッカーには詳しいけど、野球はそんなに観ていない。会う前に阪神のことを勉強しておくって言ってたけど。

ゆっくり歩いて、〈益美屋〉の周りを一周してみたけどお父さんには会わなかった。残念、って二人で笑って正面の玄関から入って、六階の紳士用品売り場まで。

「ちょっと、先に私のポーチとか見ていい？」

「いいよ」

いつもバッグに入れている小さなお化粧ポーチがもうくたくたになっていて、買わなきゃなーって思っていた。きっと真くんが買ってあげるよとか言ってくれるだろうけど、ここは自分のお金で買う。

実は、お給料はそんなに変わらないのだ。ボーナスを考えたら私の方が少し年収がいいかもしれない。

そういうところは、もういろいろ話している。

真くんは、ものすごく素直な男の人。

相手と付き合うときには自分の手持ちの札を全部さらけ出すって感じの人。それは自分でも言っていた。格好つけてもしょうがないって思ってるって。

結婚を考えているって言われて、私もそれを受けて、しばらくしたときに貯金の話なんかもした。

　実は結構ケチだってことも自分で言っていた。小さい頃から貰《もら》っていたお年玉もほとんど貯金している。小学生の頃は、マンションの近くの公園でいつもやっていたフリーマーケットに参加して、カードやおもちゃを売ってそれも貯めていたんだって。

＊

「なんか、不安だったんだよ」

「不安？」

　物心付いたときから、お金がないと生活できないってことを理解して不安を抱えていたって言った。もしお父さんお母さんにお金がなくなったらどうしようって。

「だからお小遣いを貯めていたの？」

「そう」

　もちろん、お小遣いで欲しいものを買ったりもしていたけれど、我慢したり必要最小限にするようにしていた。

「貯金箱に貯めておいて、何かあったときにはこのお金を使えばいいんだって思っていたな」

それが小学生の頃。中学に入って、少しずつ大人っぽい感覚が育ってきた頃に、それは将来の目標のために貯めようという方向性に変わった。

「目標っていうのは?」

「ハッキリしたものがあったわけじゃないけど、自分で何かをやるにしても、人のために何かをするにしても、お金が必要だろう?」

「そうね」

「そういうときのために、お金を貯めておくのは悪いことじゃないんじゃないかって考えていた」

だからすぐに自分の通帳を作った。もちろん小学生の頃から貯めていたものを貯金して、少し増えたお小遣いもお年玉もまずは入金したし、一時期は新聞配達のアルバイトもしてみた。

ケチではなくて、経済観念が小さい頃からしっかりしていたんじゃないかって言ったら苦笑いしていたけど。

＊

そんなふうな人。まぁ確かにみみっちいとか男のくせに、なんていう見方もあるかもしれないけれど、少なくとも私は好感が持てた。真面目な人なんだ。そして、素直な人。

　真面目さでは負けていない、真面目過ぎて頑固なお父さんとは、きっと気が合うと思うんだけど。

　一階でポーチや小物入れや、ついでにバッグなんかを見ていたら、前の方から視線を感じた。ふっ、と顔を上げたら、和服姿の女の人が私を見ていた。

　眼が合ってしまって、その人は「あらごめんなさい」って表情をして軽く頭を下げた。私もついつられて頭を下げたんだけど。

　隣りで真くんがその様子に気づいて、「誰?」って顔をした。誰だろう。私もわからない。その人が、つつ、って感じで上品に歩いて私の方に近づいた。

「ごめんなさい、不作法に見つめちゃって」

「いえ」

　いくつぐらいだろう。三十代にも見えるし、でも本当に上品そうな身のこなしはもっと上に感じる。四十代だろうか。長い髪の毛を和風にも洋風にもどちらにも取れるようにまとめた髪形に、細面。きれいな人だ。年を重ねるならこんな風になりたいって思えるような。

「もしかしたらと思ったのだけど」

「はい」

「人違いだったらごめんなさい。國枝実希さんじゃないかしら」

びっくり。

「はい、そうですけど」

「やっぱり？　そう？」

笑顔で手を打った。急にくだけたような笑顔になって、それがまたとても可愛らしかった。

でも、誰なんだろう。

「ごめんなさいね、私、片岡って言います」

「片岡さん」

全然わからない。

「お父様の、國枝孝彦さんと大学で同級生だったものです」

お父さんの同級生？

思わず真くんと顔を見合わせてしまった。

「ごめんなさいね、せっかくのデートの最中に。一緒にお茶をなんて誘っちゃって」

「いえ、いいんです」

真くんも頷いた。それは本当に、迷惑でもなんでもなかった。ちょうど咽《のど》は渇《かわ》いていたし、久しぶりにここに〈ラ・ボエーム〉に入れて良かった。小さい頃はよくお父さんに連れられて来て、ここのパフェを食べていたんだ。さすがに今日は紅茶にしたけれど。

片岡綾乃さんは、とてもお父さんの同級生には見えなかった。嘘じゃないかって思ったぐらい。

だって、同級生ってことは五十二歳か五十三歳。

片岡さん、すっごく、若い。お肌だってぴちぴちしているし、まだ三十代って言っても通用するんじゃないかしら。

「本当に驚いちゃった。素敵な娘さんになっちゃって」

「私は、お会いしているんですね?」

二、三度ねって微笑んだ。

「覚えてないのは無理ないわ。最後に会ったのはまだこんなちっちゃくて、ようやく歩けるか歩けないかの頃だったんだから」

あらためまして、って片岡さんが頭を少し下げた。

「片岡綾乃と言います。お父様とは大学で一緒になってね。学部も同じだったの」

「そうなんですか」

大学がどこかはもちろん知っているけど、友達っていうのはあまり聞いたことない。知ってるのはくされ縁だっていう柴山さんだけ。

片岡さんが、そちらの方は、って眼で言っていた。

「あの、私の婚約者で」

ちょっとその単語が気恥ずかしかった。すぐに真くんが自分で言った。

「古市真と言います」

「古市さん」

片岡さんが繰り返した。

「そう、婚約者なの」

「はい」

「もう結納《ゆいのう》とかを済まされて？」

「いえ」

真くんが苦笑いした。

「まだ、実希さんのお父さんにご挨拶を済ませていなくて」

「あら」

片岡さんが私を見た。少し顔を顰《しか》めてから微笑んだ。

「あれでしょう。孝彦さん、会いたくないとか言ってるんでしょう。誰が一人娘を嫁になんかやるかって」

「いえ、そんなのではないんですけど」

孝彦さん、って呼び方がちょっと引っ掛かった。きっと私がそんな顔をしたんだ。片岡さんが、私を見て小さく頷いた。

「きっと孝彦さんに、私と会ったって話してもごまかしちゃうかもしれないから、教えておきますね」

「なんでしょう」

「私、大学時代、あなたのお父様とお付き合いしていたんです」

「えっ！」

驚いた。これは本当に驚いた。真くんもちょっと眼を大きくした。お父さん、こんなキレイな人と付き合っていたの？

天国のお母さんゴメン、ストレートに言っちゃうけど、お母さんよりはるかにキレイでスタイルも良さそうだし上品だし。

「もう三十年以上も前のことだから時効でしょう？　今ではお互いに笑い話にできることだから」

「そうなんですか」

そうなの、って微笑んだ。その微笑みもなんだか映画女優のように優雅で、そして柔らかくて、あぁお父さんとのことは本当にいい思い出になってるんだな、いい別れ方をしたんだなって感じたんだ。

ちょっとだけあった片岡さんへの警戒心が消えてしまった。

それにもし、お母さんが生きていて、それで昔の恋人が眼の前に現れたのなら、いくら今は関係ないとはいってもこうやって心静かにお茶なんか飲めなかったと思う。そういう意味でも、なんかホッとした。むしろいやこれはひょっとしたらチャンスなんじゃないか、なんてことが頭をよぎってしまった。

再婚しなかったお父さん。私が結婚したら一人になってしまうお父さん。先走りし過ぎだけど片岡さんの左手の薬指に指輪はないし。

お母さんまたまたゴメンナサイ。帰ったら仏壇に手を合わせます。

何か理由があって別れてしまったんだろうけど、この人は、お父さんが好きになった人なんだ。そう思ったら急に親近感が湧《わ》いてきた。

でも。

「私だってわかったのはどうしてなんでしょう」

「あら」

くすり、と微笑んだ。本当に笑顔が魅力的な女性だなぁって思う。同性なのに、なんかドキドキしちゃうぐらい。

「実希ちゃん、お母様にそっくりになったもの。私、お母様のことも知っていたのよ。二人の結婚式にも出たんだから」

「そうなんですか」

「小さい頃はねぇ、孝彦さんに似てるなぁって思っていたんだけど、やっぱり大きくなったら変わるのね」

実は皆にそう言われる。最近ますますお母さんに似てきたって。片岡さんは優しい笑みで私たちを見た。

「いいわね」

「はい?」

「二人の、佇《たたず》まいがいいわ。とってもお似合い」

二人で照れてしまった。

「ありがとうございます」

「古市さんは、東京の方?」

「そうです。実家は都内で、今も住んでいます」

「あらそう」

そこで、首をちょっと傾げた。

「プライベートなことを訊いちゃうけど、ごめんなさいね、古市さん」

「はい」

「ひょっとして、印刷会社にお勤めじゃないの?」

またびっくりした。その顔を見て、片岡さんが微笑んだ。

「やっぱり?」

「そうですけど、え、どうしてでしょう」

「お母様、古市景子さんじゃないかしら」

えええ、どうして。

真くんが、そうですって頷いた。片岡さんは、面白くてしょうがないって感じで笑った。

「こんな偶然ってあるものなのねぇ」

「どういうことでしょう」

「私ね、自分で教室を開いて、お茶を教えているのよ」

そこで、真くんは「あっ」と小さく声を上げた。

「お茶の先生」

「そう」

「片岡先生って、母は言っていました」

そうなのって、微笑んだ。

「私がその片岡先生なのよ」

五　風呂に入る

「行ってきたって」

そうよ、と、ひょいと眉を上げて微笑んだ。先日お茶を一緒にした〈ラ・ボエーム〉。指定したわけではないがこの間と同じ席だった。衝立《ついたて》のお蔭で個室のような雰囲気にもなる壁際の席。

「家にか？」

「そう」

「古市さんの？」

そうよ、とまた言って、さらに微笑んだ。

「言ったじゃない。きちんと知り合いになってあげるわって」

それは、そうだが。

探りを入れてあげるわよ、とも綾乃は言った。お茶の先生と生徒として週に一回は会うんだから、今までよりも少し親密に話をしてみる。それで、古市景子さんの人となりを確認してあげるわと。

しかしまさか、偶然を装《よそお》って実希や真くんにまで会って、そうして家にお邪魔までしてくるとは思わなかった。

いや、彼女ならやりかねないのだ。確かに付き合っていた頃の綾乃はそういう女性だったのだから端《はな》から予想しておくべきだった。彼女の行動力や度胸は生半可なものではなかったのだ。

「どうやって、その、家にお邪魔したんだ」

そんなの簡単じゃない、と彼女は言った。

「実希ちゃんと真くんと知り合いになる。それを景子さんに言う。國枝さんとは同級生だったのよって話す。あら何て凄い偶然なのそれじゃあ今度ゆっくりお話ししましょうか、じゃあお稽古《けいこ》の終わった後、晩ご飯でもって」

にこりとまた微笑む。

「自然な流れでしょう?」

「まぁ」

確かにそうだ。何ら不自然ではない。先生と生徒が思わぬところで別の関係性を見出したのだ。じゃあゆっくりお話をというのは、ごく自然だ。

「それで、どうだったんだ」

私は、あの頃、綾乃の感性というか、ものの感じ方というのを全面的に信頼していた。彼女の言うことならば間違いはないだろうと思い、実際その通りだった。たぶん、今もそれは変わらないだろう。

綾乃は、わずかに首を傾げた。先日とは違い、和装の綾乃は、私の記憶にある過去のイメージにはない姿だ。そのせいか、仕草ひとつひとつが新鮮に見える。和服を着ることで、動きが制限されるせいもあるのかもしれない。

「以前から、彼女の、景子さんの明るさにはちょっとした違和感があったのね」

「違和感、とは」

「どう言えば男の人に伝わるかしらね」

アールグレイの紅茶を一口飲み、窓の外に眼を転じた。外は気持ち良く晴れている。もう間もなく梅雨入りするのだろうが、今のところそんな気配は微塵《みじん》もない。

「一言で言ってしまうと、景子さんって、自分の価値観でしか行動と判断ができない人なのじゃないかしら」

成程。確かに一言だが。

「ピンと来ないな。まぁそういう人間は確かに多くいるが」

そう思っていたのだろう。綾乃は大きく頷いた。

「でしょうね。私も随分考えたの。あの人の性格をどうやって伝えればいいのかしらって」

「難しいのか」

こくん、と頷いた。

「だって、そういうものって、仕事やプライベートで深く関わって初めて気づくものじゃない？　他人から言われても『あぁそうか』って思うだけじゃない？　当事者じゃないとわからないものでしょう」

「そうだな」

確かにそうだ。たとえばあの人は我儘《わがまま》よ、と言われても自分に関わりがない程度の単なる知り合いなら何ら害のないことなのだ。だからイメージできない。我儘なのか、と思うだけだ。

人事をやっているとよくある。こちら側では人当たりのいい人間だと把握していても、現場で顔を突き合わせている人間からすると単なる八方美人と感じていたりする。詳しく話を聞くと成程そうかと思い当たる。

人の性格というものは、真剣に付き合ってみないと、膚《はだ》で感じてみないと意外と実感できないものなのだ。

「考えてみて。あなたが近所の人から聞いた景子さんの評判って〈見栄っ張り、嘘をつく、あることないことをでっちあげる、表と裏の顔を使い分ける〉。そういうものだったないのでしょう？」

「でも、そんなにひどい人なら、奥様、佳実さんはあなたにきっちり相談したんじゃないの？　それも聞かないくらいあなたは妻に対して冷たい人だった？　家庭のことを顧《かえり》みない仕事人間だった？」

そんなつもりではなかったが。

「記憶はあるように思うけどぼんやりしているんでしょう？　特に景子さんとひどいトラブルがあったという話を聞いた、というしっかりとした記憶はないんでしょう？」

正直に頷いた。

「しかし、私が聞く耳を持たなかったのかもしれない」

「違うわよ」

きっぱりと言った。

「あなたは、そういうところには気づける人よ。何十年経ったって人の性格なんかそう簡単に変わらないわ。佳実さんだって、きちんと話をする人だった。そうじゃないかしら？」

真剣な瞳をして言う。

「そうだな」

そうかもしれない。

いや、そうだ。仮に大きな悩みを佳実が抱えていたのなら、それを私に言わずにいるはずがない。

「だから、今さらだけど、そのことであなたが気に病む必要はないと思うわ」

「ありがとうと言っておけばいいのかな」

頷いて、綾乃は続けた。

「つまりね、確かに景子さんという人はご近所の方から疎《うと》まれてはいたのかもしれないけれど、具体的に何か迷惑行為があったとか、そういうことじゃないような気がするの。あなたにそんな風に伝えた近所の方は、別れ際だったからわかりやすく大袈裟《おおげさ》な表現をしたんじゃないかって思う」

あり得る話だ。

「この前も言ったけれど、景子さんはね、私のように先生と生徒として週に一回二時間ほど、長々と話はしないでちょっと付き合ってそれじゃあまたねと接している分にはとてもいい人に思えるの。積極的に話しかけてくれるし、話題も豊富だし、明るいし」

これにも同意できる。

かつて隣人として暮らした私の印象もそうだ。まるで同じだ。つまらない冗談にもころころと笑ってくれて、きっとこういう人と一緒に住んでいる旦那さんは毎日が楽しいだろうと思っていた。夫の敏之さんはどちらかといえば無口な大人しい人だったのだが、そのバランスもまた好ましく感じていた。

だから、あの日も驚いたのだ。そんな人だったのか？　と。

「でもね、一歩手前だったの」

「一歩手前？」

「ちょっといいかしら？」

つい、と、綾乃が私の方に手を伸ばしてきて、スーツの胸の辺りを抓んだ。私は黙ってそれを見ていたが、糸くずがついていたようだ。

「あぁ済まん」

「ね？」

「何が、ね？　だ」

「私とあなたは、以前は一緒に暮らしたほどの仲。こうやっていきなりあなたの身体に触れてゴミを取ったとしても、あなたは何とも思わないわね」

たしかにごく当たり前のことだと受け止める。思わず身体を引いたり必要以上に恐縮したりもしない。

「これが赤の他人だったらどう？　それこそ、仮に私がごく普通にしか付き合いのない隣家の奥さんだとしたら」

「隣家の奥さん」

まぁ知らぬ仲でもないだろうから、気を遣ってもらってありがたいとは思うが。

「他の人のいるところでいきなりやられるとちょっと困るし、二人きりのときにやられても別の意味で困惑するな」

「そうよねぇ」

あらぬ疑いを掛けられても困る。そして、もしその奥さんが美人だとしたなら変な期待を持ってしまうかもしれない。

「あの人はね、古市景子さんは、こうやって手を伸ばしてくる人なのよ。ゴミを取ろうと手を伸ばして、でも引っ込めるの。中途半端なところでね」

思わず腕を組んで考えた。喩《たと》え話をしているのはよくわかるが。

「馴《な》れ馴れしくし過ぎるということなのか？」

「ただ馴れ馴れしいなら別にいいのね。そういう人だと思えばいいだけの話。景子さんの場合は癇《かん》に障る感じで来るの。こんな会話があったわ」

「うん」

「お宅にお邪魔して晩ご飯をいただいたんだけど、旦那さんと景子さんと軽く晩酌《ばんしゃく》をしながら話をしているときに、景子さんは無邪気な笑みを浮かべながら言うのよ。『でも、佳実さんが生きてるうちにこうやってお話しできれば面白かったわねぇ』って」

その状況を頭に思い浮かべながら、考えた。綾乃は、静かに微笑んで私を見ている。そういえば昔もこんな顔をして私を見ていた。よく咀嚼《そしやく》して考えてね、と促《うなが》しているのだ。

「面白かったわねぇ、か」

「ええ」

確かに、そのセリフは無神経かもしれない。佳実と綾乃は面識はあったが、親しいわけではなかった。佳実は、綾乃がかつての私の同棲相手などとは知らずに死んだ。単なる親しい同級生で、柴山とワンセットで捉《とら》えていたはずだ。

「もちろん、私と君がかつて恋人だったとは」

「実希ちゃんと真くんにはお伝えしたけど、景子さんには言ってないわ。親しかったとだけ。もちろん、そんな風に考えるでしょうけどね」

「そうか」

邪推か。

「癇に障る考え方や言い方、行動を取る人なんだな？　景子さんは」

「そうも言えるわね」

「しかもそこに悪意がはっきりあれば素直に怒れるものを、はっきりと悪意には感じさせない。相手が感じる手前で引く。だから怒れない。ひょっとしたら自分の勘違いかと、いや、自分が勘ぐり過ぎているのかと思わせる」

「そういうことよ」

「そうして、それが実に、何というか、その人にとってはピンポイントで癪《しゃく》に障るのだろう。誰に対しても判で押したように同じことをするのなら対処もできるが、その相手によっていろいろと変わる。ある意味では機知に富んでいるんだな」

綾乃は、ゆっくりと頷く。

「やっかいな人なのかもしれないわね。天然ボケって言い方があるけれど、あれは可愛らしさや愛嬌《あいきょう》があるから成り立つことよね。その正反対にいる人かもしれない。無神経と言わせない無神経さ、厚かましいと思わせない厚かましさ、嫌らしいと感じさせない嫌らしさ。そういうものを全部彼女は計算ではなく、天然で持ち合わせている女性かもしれない。そして」

ここが肝心なんだけど、と綾乃は言う。

「そういうものって、女性しか気づかないものかもしれない。気づいても、人には、特に男性には言えない類《たぐ》いのもの。言えば、自分が卑小な人間に思えてしまうから」

「そんな風に感じてしまう自分がおかしいんだと、無理やりに納得するしかないような感じなのだな」

そういう人だったのか、景子さんは。

「なんとなくは、理解できた」

「でもね、畳《たた》みかけちゃうけどね」

「なんだ」

紅茶のカップを手に取り、一口飲む。綾乃は眉を顰めた。

「もちろん、受け止め方は人によって違うものよ。私なんかはあなたから話を聞かされていなかったら、景子さんのことを面白い人だって思ったかもしれない。実際そう思っていたんだし、深く付き合えばとても仲良くなったかもしれないわ」

「そうなのか」

「だって私は」

にこりと笑う。

「景子さんよりはるかに意地悪な女だから」

笑って頷いてしまった。

「何を肯定しているのよ」

「するしかないだろう。自分で言ってるんだから」

綾乃は、強い女性だ。それは十二分に知っている。

「やっかいな女性かもしれないが、それは相手によるかもしれない、か」

「そうね」

当たり前の結論になってしまうが、人間というものは結局顔を合わせて日々を過ごさなければ見えてこないものがたくさんあるのだ。

「男と女の違いもある、か」

「そうね。ねぇ」

つい、とテーブルの上を滑らすように、私に向かって手を伸ばす。

「なんだ」

「きっと佳実さん、私とあなたの関係には気づいていたわよ」

「まさか」

綾乃は、にいっ、と唇を横に広げた。

「気づくものよ、そういうのって。男の人が鈍《にぶ》いだけ」

もちろん綾乃とは別れて以来、そういう関係にはなっていない。佳実と結婚したときには、してからも、ただの友人としてしか付き合ってこなかった。だから何らやましいものではないのだが。

「そうなのかな」

「そうよ。そうして気づいていても、佳実さんは笑って何事もないような顔をして私と仲良く話をしていた。素敵な、強い人だったわ」

二人して、頷き合いながらカップを手に取り、味わう。微かな胸の疼きを感じながら、亡くなった妻のことを良く言ってくれるかつての恋人に、心の中で頭を下げた。

人生の中で失うものは多い。しかし、失ったから得るものもある。

あの日確かに私は綾乃という〈恋人〉を失ったが、代わりに今こうして〈かつて愛した女性〉を得ているのだ。

心穏やかに向かい合って話せる女性を。

「話を続ける？」

首を少し傾げて、彼女は言う。ここから先は自分で考えるか、それとももう少し彼女の見解を聞くかと訊いているのだ。

「続けようか」

頷いた。

「佳実さんが強い人だったからといって、その娘の実希ちゃんも強いとは限らないわね」

「そうだな」

弱い子ではないとは思うが、親子といえどもそれはわからない。

「景子さんが、実際この先に実希ちゃんにどう接するかもわからない」

「そうだな」

「実際に会って、あなた自身がはっきりとさせた方がいいわね」

その言葉通りのはっきりとした物言いで彼女は言った。

「やはり、そう思うか」

「思うも何も、あなたもそう思っているんでしょう？　事前に一度会った方がすっきりするって」

頷いた。そうなのだ。ずっとそれを考えていた。

真くんと会う前に、景子さんに、古市夫妻に会ってくるべきではないのかと。

しかし、それが果たして良いことなのかどうか。

実希が真くんと結婚する。それは、いい。許すも何も立派な社会人である本人たちがそう決めているのだから、笑って頷いてやるのが男親の務めだろう。

私は実希を、自分の娘の眼を信じる。実希が結婚したいと思ったのだから、きっと真くんはあの頃の素直で優しい少年のまま、良い青年に成長していたのに違いない。勘でしかないがそう思う。だったら、それでいい。しかし嫁に行ったのなら、向こうの親と上手くやれなければこれからの人生でずっと、憂《うれ》いを抱えることになるのだ。

それは、どうなのだ。わかっていながら娘にそういう人生を与えるというのは。

「ずっと堂々巡りなのさ」

答えなど、たぶん出ない。やってみなければわからないのだ。

「だったら尚更よ」

綾乃は、しっかりと私を見て言う。

「答えは出ない。だったら、あなたが納得するところまでやってみるしかない。納得するには」

「会うしかない」

そうだ。その通りだ。


死んだ親父は、風呂道楽な人だった。そんな言葉はないとは思うが、自分でそう言っていた。人生には風呂さえあればそれだけでいいと。

実際、趣味など持たない人だった。囲碁、将棋、ゴルフ、マージャン、パチンコ、およそどれにも手を出したことがない。唯一の趣味が風呂に入ることだったのだ。ただ風呂に入るだけのことを、趣味と言えるのかどうかは別問題にして。

定年になり家に居るようになると、文字通り朝昼晩と三回風呂に入っていた。朝風呂は家の風呂に入り、昼風呂は近くの温泉や銭湯を回り、夜はまた家で風呂に入る。よく身体がふやけないものだと思っていたが、風呂に入ることは肌にいいんだと常々言っていた。

確かに、父の肌艶《はだつや》は死ぬまで、老人とは思えないほどにきれいなものだったのだ。

実希を連れてこの家に帰ってきたとき、あの子は九歳だった。祖父と一緒にお風呂に入ってもいい、とは言ってくれなかったが、銭湯には行きたがった。父は嬉しそうにして休みになると実希を連れて銭湯に出掛けていったものだ。実希は覚えているだろうか。

そんな人だったから、この家の風呂も構《かま》えにそぐわないほど広くしっかりしたものだ。家そのものは古くなっても改築など一度も行わなかったが、浴室だけは節目節目に改装してきれいにしていた。

今の風呂は、父が亡くなる一年ほど前にきれいにしたものだ。タイル張りの浴室に檜《ひのき》のゆったりとした浴槽。これも檜の特注の黒塗りの簀子《すのこ》が敷《し》かれて、ちょっとした高級温泉旅館の内風呂といった趣《おもむき》だ。

私は若い頃からシャワーだけでいいような人間だった。大学時代に一年間アメリカに暮らした経験もあって、長々と風呂に入る習慣はなかったのだが、変わった。

歳を取るとそういうものなのか、あるいは小さい頃に親父に付き合わされて風呂に入りまくった思い出がそうさせるのか、近頃特によく風呂に入る。

掃除が結構大変なのよね、という実希に代わって、風呂掃除は私の役割だ。檜の風呂は手入れさえしっかりすれば一生使えるものだろう。時間を掛けて丁寧に丁寧に掃除をする。

そうしておいて、休みの日には朝風呂だ。

ゆっくりと寝て、おおよそ九時ごろに起き出す。大抵の場合実希はもう出勤している。編集者という職業柄、遅くに出勤することもあるのだが。今日も例によってもう家を出たらしい。私は休日だ。

台所のテーブルの上にメモがあった。

〈遅くなる予定です。最終で帰れたらラッキーです〉

誰もいないのに、頷いてみせる。昨日の夜も遅かった。私が寝床に入ろうとするのと帰ってくるのが同時ぐらいだった。

親として情けない気持ちになるが、最近は実希と顔を合わせるのをほんの少しだけ躊躇《ためら》ってしまう。むろん、あの話だ。いつでもいいから、お父さんの都合のいい時にするからと、こちらの気持ちを慮ってくれるのは本当に出来た娘だと思うが、逆にプレッシャーになってしまっている。

「ひょっとしたらそれも作戦かもな」

一人で苦笑いする。あれでなかなかしたたかなところもある子のはずだ。お袋に〈立ってる者は親でも使え〉と教えられていた。

すぐに風呂に湯を入れ始める。トーストにサラダに目玉焼きやベーコンといった軽い朝ご飯を済ませる頃にはちょうどよく湯が張られる。朝の歯磨きも髭剃《ひげそ》りも全部風呂場で済ませて、さっぱりして出る。

風呂上がりに冷たい牛乳を飲みながら新聞をゆっくりと読み、牛乳を飲み終わったらコーヒーを淹れる。それからさらにまた新聞を熟読する。普通の新聞と経済関係の新聞と三紙を取っているからそれなりに時間が掛かる。

もちろん、夜にはまた風呂に入る。贅沢《ぜいたく》だと実希には言われるが、私も親父と同じく趣味らしい趣味もない。道楽もない。せいぜいが野球観戦と映画のハシゴをするぐらいだ。風呂ぐらい、贅沢に入ってもバチは当たるまい。

実希がいなければ、テレビを点けることもない。たまにラジオを点けることはあるが、聴きたくもない曲やパーソナリティのばか笑いを聞くのもわずらわしくなってすぐに消してしまう。結局、若い頃に聴いたアルバムをＣＤで掛けることが多くなる。

「十時か」

壁のクラシカルな柱時計が鳴る。二、三日置きにきちんとネジを巻かなきゃならないものだ。

古市さんと約束したのは、午後五時。

綾乃と会って話をして、その夜に電話を掛けた。電話番号は佳実がきちんと保管していた古い住所録に書いてあった。あの頃からずっと同じマンションに住んでいるのだから電話番号が変わるはずもない。マメに整理整頓してくれていた妻に感謝した。

古市さんは、敏之さんは、再びこうして話が出来ることを喜んでくれた。私もそうだ。深い付き合いはなかったとはいえ、隣人だったのだ。バブル崩壊の荒波を乗り越え、不況のこの節を、家族を抱えながらもお互いに生き延びている。同世代の、いわば戦友みたいなものだ。話が出来るのが、嬉しかった。

その電話で、素直に話をした。

＊

「この度は、とんだご縁でした」

どういう風に切りだそうかと悩んだが、その言葉がすっと出て来た。

（いや、本当に。何と申し上げていいのか、申し訳ありませんと謝ろうと思ったのですが）

「いや、謝るようなことではないでしょう」

お互いに笑い合った。ここはもう男親同士、笑うしかない。記憶の中で朧げになっている敏之さんの笑顔が浮かぶ。会わない間にどれぐらい変わったか、変わっていないのか。

（本当に、奇妙、じゃないですね、合縁奇縁《あいえんきえん》とでも言うんでしょうか）

「そう、ですね。そう言うしかないですね」

幼馴染み同士で結婚するというのは、まぁそんなに珍しい話ではないだろう。ないだろうが、十何年も没交渉だったものが、この広い東京でばったり再会して恋をして、などとはそうそうあるものではないだろう。そこだけとってみれば漫画のような話だ。

「実は、今日お電話したのはですね」

真くんが家に来て、挨拶をしたいと言ってきている。それは間違いなく結婚のお願いだろう。しかし、真くんに会う前に、私が一人でお宅に伺《うかが》ってご挨拶をしたいとこれもストレートに申し出た。

「このまま古市さんと一度も顔を合わさずに真くんに会い、下手すると結納まであるいは式を挙げるまで古市さんに会わずに済ませるというのも、どこか落ち着かないんですが、いかがでしょうか」

(いや、実は私もそう思っていました)

「そうでしたか」

(はい、妻とも話していたのです。その、それこそですね、真がお願いをしにお伺いする前に、私たちがお宅にお伺いして、佳実さんにお線香をあげさせていただけないかと)

しかしそれでは二度手間にならないか、かえって私に迷惑ではないかとあれこれ夫婦で話しているうちに時間が経ってしまったと、敏之さんは恐縮した。

それも、一応頭にあった。

まともな社会人であれば、そういう考えに至るはずだ。むしろその言葉からそういう常識ある普通の人であったことがわかってホッとした。むろん、我が家に来てもらうことにも何ら問題はないのだが、私が会いたい理由は景子さんの人となりをしっかりと自分の眼で確かめるためだ。我が家に来てもらっては、景子さんの態度はどうしてもよそ行きになってしまうだろう。普段通りの姿は見られない。

それは避けたいと考えていた。

「それはもちろん、ありがたいお話なのですが、どうでしょう。引っ越しして以来、私もそちらに伺ったことはないのです。久しぶりにそのマンションに出向きたいと思っていたのですが」

おそらく結納という話になれば、古市夫妻が我が家に来ることになるのだろう。結納の常識はそのはずだ。お線香をあげてもらうのはそのときでも良いのではないかと提案すると、敏之さんが少々お待ちくださいと受話器を手で覆う気配がした。

何事か話し合っている雰囲気が伝わってきた。景子さんと確認しているのだろう。

（わかりました。では、ご足労を掛けて申し訳ありませんが、そうさせていただきますか）

「はい、ぜひ。ありがとうございます」

（お待ちしておりますので）

「よろしくお願いします」

＊

その後に確認し合い、幸い私が休みになる平日の夕方と、早上がりの敏之さんのスケジュールが合った。夕飯前にお茶を飲み少しばかりの話をする時間が取れたのだ。いきなり一緒に晩ご飯というのも何だし、結婚する娘と息子を差し置いてどうこうというのも変だと感じた。

お茶を飲むぐらいがいいだろう。しかし、お茶を飲むぐらいの時間で景子さんの人となりを確認できるのかという不安もあった。

だから、それにも対策を立てた。懐かしいものを持っていこうと考えたのだ。

お邪魔するに当たって、昔の写真アルバムを引っ張り出してきて見た。つい懐かしくなって、話の種になるかと思って持参しましたと言うのだ。

昔の写真を見ていれば、話も弾むだろう。あぁ、あんなことがあった、こんなこともあったといろいろ出てくるだろう。

それでなんとかなるのではないかと算段した。

妻がきちんと整理しておいてくれたアルバムは、押入れのダンボールに入っている。その中に、アルバムも、それから遺品というほどのものでもないが、妻の私物も入っている。衣類やそういうものは当時にほとんど処分してしまった。質のいい物や流行《はや》りに関係ないもの、あるいはこれはきっとまた流行るだろうと思われるコートやハンドバッグ、アクセサリーの類いは私が選んで実希のために残しておいた。実際、それらは今も実希のタンスの中にある。その辺は、婦人服上がりで良かったなと自画自賛したものだ。

ダンボールに入っているのは、眼鏡や手帳、母子手帳、パスポート、そういった類いのものばかりだ。

アルバムと一緒にそれらを出した。古くさい匂いが一時漂う。

写真は、今までにも何度も見ている。周忌の度に開き、実希と二人で眺めていた。その中から、マンションの部屋で写したものや、真くんが一緒に写っているものを選んだ。

「結構イケメンだよな」

記憶の中にある真くんはただ優しそうな顔をした子供でしかなかったが、改めて写真で見ると今風のいい男だ。このまま成長していれば、俳優になったと言われても驚かないだろう。実希も結構面食いだったのかもしれない。

古市さん夫妻が写っているものも数枚あった。そういうものを持っていこうと、写真を剝がし始めた。

しかしこれがやっかいだった。

何せ古いタイプの写真アルバムだ。台紙が、これは何といえばいいのか、何回も貼ったり剝がしたりできるものなのだが、経年劣化して写真が剝がしにくくなっている。下手すると破れてしまうので、慎重に慎重に剝がしていった。

「これは一度バラした方がいいか」

アルバムは台紙を全部取り外せるタイプのものだ。リングファイルだったか。昔はこの手の大きめのバインダーファイルをよく使ったものだが、そういえばこの頃は事務所でもあまり見なくなった。小さいものなら伝票の整理などに今でも使っているのだが。何でもかんでも節約だ。紙の資料もできるだけデジタルデータで保存。

「うん？」

リングから外して、目当ての台紙を取り出そうとしたときにそれが見えた。

「重なっているのか？」

台紙と台紙の間に何かが挟《はさ》まっている。チケットの半券か？

「あぁ」

思わず笑みがこぼれた。これは、佳実と一緒に観にいった映画だ。

「どうしてこんなものを」

記念に取っておいたのだろうか。どうやら不良品で端がくっついてしまって剝がれない台紙と台紙の間に挟んでおいたらしい。他にも何かが挟まっている。

「これは、ディズニーランドのか」

たぶん、実希を最初に連れて行ったときのものだろう。探ると他にもいろんなそういう類いのものが出て来た。どこかの中華料理屋のレシートまであったが、これは一体何の記念のときなのか思い出せなかった。

後で整理して写真と一緒に貼り付けようと思って取っておいたのかもしれない。

「そのまま忘れてしまったか」

佳実は割りとそういうところはきちんとした女性だったが、まぁたまにそういうこともあったのだろう。

「これは、なんだ」

一枚だけ異質なものが出て来た。新聞記事の切り抜きだ。

「自殺？」

思わず眉間に皺が寄る。

主婦がベランダから飛び降りて自殺をしたという小さな記事だった。それが切り抜かれて挟まっていた。

何故、佳実がこんなものを残していたのかは、すぐにわかった。

「ロイヤルハイツ」

その飛び降り自殺した主婦が住んでいたのは、かつて私たちが暮らしていたマンションだった。

そのベランダから、主婦が飛び降りた。

頭の中にマンションの間取りが浮かぶ。ベランダの様子を思い出す。

「なんだ？　これは」

知り合いだったのか？　しかし、記事に書いてあったその主婦の名前にまったく覚えはない。もっとも何人かいたはずの、同じマンションの知り合いの名前もほとんど思い出せないのだが。

　この事件が、新聞に載ったのはいつ頃なのか、まったくわからない。小さな記事だけを切り抜いてあるので何年何月何日なのか見当がつけられないのだ。

　しかし、もし、マンションに住んでいた頃の知人の不幸なら佳実は私に言っただろう。お葬式にも出かけたかもしれない。

　だが、そんな記憶はまったくない。

　あのマンションで、主婦が自殺。

　そんな話は入居していた頃には聞いたこともない。それは間違いない。あったなら大騒ぎになったはずだ。忘れるはずがない。

　言いようのないものが、胸の中にじんわりと拡がっていった。

　何故、この記事を佳実は切り抜いたのか。こうして取っておいたのか。私に何も言わなかったのか。

　もちろん、亡くなった親父やお袋がここに入れたという可能性もないわけではないが、それは、どうだ。確かめようもないが、こうして私と観た映画のチケットの半券と一緒に入っているのなら、やはり佳実が入れたという可能性の方が高いだろう。親父やお袋がこの記事を眼にしたところで、わざわざ切り抜いておく理由がわからない。

「いやどうかな」

親としては気になったのか。息子夫婦が暮らしたマンションの名前ぐらいは覚えていたか。それならそれで訊くだろう。この事件を知ってるかと。

ぐるぐると頭の中を考えが回る。

もし、この主婦が、私たちが入る前の、あの部屋の住人だとでもしたなら。

あるいは、私たちが出た後に、あの部屋に入った住人だとしたら。

むろん、記事には五つあった棟のどれかも、部屋番号も書いていない。

「まさか、な」

可能性は、あるだろうが。

六　家庭に入る

婚約中だからって毎日毎日会えるわけじゃない。お互いに仕事が忙しい社会人だから、会えるのは本当に日曜日ぐらい。土曜日も仕事ってパターン多いし。私なんかは本当にスケジュールが大変なときには日曜日もずっとゲラを抱えて一日中唸っていることがあるから。できるだけそれは避けようと思ってるんだけど。

私たちはその日曜日を心待ちにしてる。心待ちにしていて、でも会うと、最初の一言は「残念」っていうのが習慣になってしまった。それはもちろん、この日曜日もついにお父さんに会えなかったという意味で。

お父さんにお願いしてから四週間が過ぎた。そろそろ、なんだか真くんにも申し訳なくなってきた。

意地悪しているんじゃないのは、わかってる。お父さんはそんな人じゃない。私を結婚させたくないのはあるかもしれないけど、それでいじいじしているような人でもないはず。だから、きっと何か理由があるとは思うんだ。真くんに会うのを先延ばしにしている理由が。

それが何かはまったくわからないんだけど。

そういう風に考えると波風が立っちゃうし、先のことを考え過ぎると余計にそれが頭に浮かんでくるので、デートの時には、これからの話はできるだけしないようにしている。たとえば、住む所はどこにしようかとか、そういう話はタブー。本当ならものすごくしたいし、きっとわくわくすると思うんだけど、我慢。

会ったら、観たい映画を観て、美味しいご飯を食べて、そうして。

できるだけ結婚の話はしないように、考えないようにしていた。ただの恋人同士の普通のデートを心掛けてる。

「じゃあ、本当に片岡さん、来たんだ」

「そう。僕は一瞬しか会えなかったけどね」

ちょうど真くんが家に帰ってきたときに、片岡さんが帰るところだったって。ばったり偶然に出会った、お父さんの元恋人。

「和服だった？」

「そうだったよ。お茶の教室の帰りだったって言ってたから」

本当に和服が似合っていた。匂うような、って表現があるけどまさしくそんな感じの素敵な女性。

「年を取るなら、ああなりたいな」

そう言ったら、小さく真くんは頷いた。真くんって横になると少し可愛い感じに見える。普通に立っていると割りとすっきりした、どちらかといえば冷たい感じもする顔立ちなんだけど。

真くんが掛け布団を少し引きあげて私の肩を隠してくれた。

「どんな話をしたんだろう」

「さぁ」

わかんないって言う。

「母さんも特に何も言ってなかったし」

「そうなんだ」

本当に凄い偶然。片岡さんはお父さんの元恋人で、お母さんとも面識があって、そうして真くんのお母さんの先生で。

「それで、お父さんは、何か言ってた？　片岡さんに会ったって話したんだろ？」

「それがね」

会ったことを話してもいいって片岡さんが言っていたので、その日のうちに、お父さんに話した。なんだかんだで家に着いたのは、夜の十時頃。お父さんはテレビでニュース番組を観ていた。

＊

「ただいま」

「お帰り」

居間の座卓について、煙草を吹かしながらちらっと私を見上げた。私は居間に入っていったそのままの勢いでストン、とお父さんの正面に座って、にこにこしてあげた。お父さんはきょとんとして、私を見た。

「なんだ」

「あのね」

「うん」

「凄い人に会ったの。偶然」

凄い人？　って不思議そうな顔をした。

「誰だ」

「言っていい？」

苦笑いする。煙草を吸って、煙を横に吐いた。

「早く言えよ。テレビが見えない」

「片岡綾乃さん」

煙草の灰を落とそうとしたお父さんの手が止まって、ちょっと口が開いて、私を見たまま固まった。期待通りの反応で、ちょっと嬉しい。また思わず笑ってしまって口元を押さえた。

「凄いでしょ」

お父さんの手が動いて、煙草の灰が落ちる。

「そりゃあ、偶然だったな」

一度煙草を吸った。次にどう言おうか考えるみたいな顔をした。

「話をしたのか」

「した。〈ラ・ボエーム〉で」

小さく息を吐いて、お父さんは苦笑いした。お父さんの、そういう笑顔好きなんだ。いつも苦虫を嚙み潰したような顔がスタンダードのお父さん。でも、ちょっと笑うとその顔がとても柔らかく見えるの。

「彼女は〈益美屋〉のお得意様だからな。むしろ今まで会わなかった方が不思議なぐらいか」

「ね、聞きたい」

「何を」

「片岡さんとのこと」

頭を掻《か》いた。少し嫌そうな顔をして私を見て、また煙草を吸った。

「いいでしょ？　片岡さん言ってたもの。お父さんとのことは良い思い出になってるって」

今度は眼をパチパチさせた。困ってる困ってる。

「そんなことを話したのか」

「うん」

やれやれって、今度は大きな溜息をついた。

「風呂は」

「入る」

「まずは入ってきなさい」

「うん」

正直言って、お父さんの青春時代なんて、あまり考えたことはない。お母さんにどうやってお父さんと知り合って結婚したのかって話は、聞いたことあるんだけど、私はまだ小学生だった。だから、教えてもらったのはとても簡単な話だけ。その頃のお父さんがどんな人だったとか、どんなデートをしたのかなんて話は聞かされていなかった。

お母さんがいなくなっちゃって、そうして私が高校生になったときに、ちょっとだけ訊いたことがある。私がいない頃の二人の生活はどんな感じだったのかって。

お父さんは少し恥ずかしそうな顔をして、普通だよって言っていたっけ。

どちらかといえば二人とも地味な性格だから、人に話して面白がってもらえるような派手なことは何もなかったし、本当に静かな毎日だったって。ましてや二人とも百貨店勤めだったから休日も合わない。帰りが遅くなることも多かったし、世の中の人たちが休んでいるときにも働いていた。

二人で家にいるときに、好きなビデオを借りてきて観るのが楽しみだったなって言っていたっけ。


着替えて居間に戻ったらテレビは消してあって、お父さんはロックグラスにウィスキーを入れて、ちびりと飲んでいた。

「やっぱりお酒でも飲まないと話せない?」

「馬鹿。当たり前だ」

苦笑いした。そうだよね。娘に昔の恋人の話をするなんて。

「私も飲みたいな」

「自分で入れなさい」

台所に行って、水割りのグラスに氷とウィスキーを少し。

「ねー、冷蔵庫のソーダ使っていいの？」

「どうぞ」

ハイボールにしましょう。小走りで居間に戻って、お父さんの前に座って。

「はい乾杯」

また嫌そうな顔をして、グラスを合わせた。最近でこそ何にも言わないけど、二十歳になったばかりの頃は私がお酒を飲むのをものすごく嫌がったっけ。

「それで？」

「片岡さんとは」

「うん」

「大学生のときに、付き合ってた。二年ほど同棲した。そして父さんが振られた。以上」

同棲。

「一緒に暮らしていたんだ？」

またびっくり。お父さんにそんな過去があったなんて。

「もうそれでいいだろ」

「良くない良くない」

お父さんとお母さんが職場結婚だったのは聞いてる。初めての出会いも、新入社員の入社式だったって。

「ということは、片岡さんに振られて、次の彼女がお母さんだったたってことね？」

「まぁ、そういうことになるかな」

「最近、片岡さんに会った？」

お父さんは、顔を顰めて頷いた。

「さっきも言ったろう。彼女はお得意様だ。ばったり店内で会うこともある」

「片岡さんは良い思い出って言ってたけど、お父さんにとっては？」

諦めたように肩を落として、お父さんはウィスキーをちびりと飲んだ。

「そうだな」

頷いて、もう一度そうだなって繰り返した。

「良い思い出になってる。振られたけどな」

「言っちゃ悪いけどさ、客観的に見て、お母さんよりはるかに美人よね片岡さん。今でもあんなにきれいなんだから、大学生の頃ってそりゃあもう」

「お父さんには釣り合わないってか」

「そうハッキリとは言いませんけど」

二人で笑った。お父さんは、小さく頷いた。

「あの頃もさんざ仲間内で言われたもんだ。どうしてお前と片岡さんがってな。彼女は、まぁ古い言葉で言えば、学部のマドンナだったよ」

一緒に住んでいた頃、飲み会で友人たちに何十回叩かれたかわからないって。そうだろうなぁ。それぐらい片岡さんはモテモテだったんだ。

「ねぇ、どうして振られたの？」

「それは」

少し首を捻った。

「内緒だぞ。もし今度片岡さんに会っても、聞かされたと言うなよ。あと、特に柴山には絶対にこの話はするなよ」

「わかった」

お父さんのいちばんの友達の柴山さん。柴山さんもきっと片岡さんのことはよく知ってるんだろうな。

「父さんが、アメリカに行ったからだ」

「アメリカ」

そうだった。お父さん大学時代に留学したんだっけ。

「待ってられないって言われた」

「片岡さんに」

「そうだ」

ウィスキーを飲んだ。

「待っててくれって言ったんだがな。待てそうもないと。自分は、好きになった人が傍《そば》にいてくれないと駄目な女だって言ってたな。それでも」

言葉を切った。何かを考えてるような表情。

微笑んだ。もう三十年以上前の、恋のお話。何もかも、昇華《しょうか》できているんだろうか。私も三十年前を懐かしく思うような年齢になったら、そんな顔ができるんだろうか。

「待っててくれって言ったんだ。同棲していたアパートの部屋で父さんが帰ってくるまでな。それだけは約束してくれって。彼女はそれだけは確かに、守ってくれたんだが」

「もう他に好きな人が？」

「まぁ、そういうことだ」

それで、別れた。お父さんはその後お母さんと出会って結婚して。

「片岡さん、指輪していなかったけど」

「目ざといな。さすが結婚を考えている娘だな」

「考えてなくても、そういうことには気づきます」

お父さんは煙草を吸った。

「俺も最近知ったんだが、離婚したそうだ。だから、旧姓の片岡さんとお前に名乗った。父さんはもう結婚時の姓の石野さんに馴染んでいたんだがな」

言っておくがって続けた。

「今後片岡さんに会って話すとしても、余計なことは言うなよ」

「余計なことってなんでしょうか」

ツッコんでやれ。

「お互いに独身ですね、とかそういうことだ」

ふふん、って笑ってあげた。自分でも考えているんじゃないんでしょうか。まぁそれはいいか。本当に余計なことだもんね。

「でもさ」

「なんだ」

「本当に、本当に、再婚してもいいんだからね」

今までにも何度も言ったこのセリフ。でも、お父さんは再婚しなかった。

「わかってる。それからな」

「なに」

グラスを手に持って、振った。カラン、と氷が音を立てた。お父さんは、グラスを見つめて言った。

「真くんと会うのは、もう少し待ってくれ。嫌がって会わないわけじゃない」

私を見た。

「会う前に、いろいろと考えを整理したいだけだ。もう少しだけ、待ってくれ」

＊

「そうだったんだ」

「うん」

真くんが、腕を伸ばした。

「いろいろあるんだよね。長い人生の間には」

「そうだね」

きっと真くんのお父さんお母さんにも、あったはず。そう言ったら、真くんは小さく頷いた。

「実希」

「なに」

「実は、ちょっと話すのを迷っていたことがあるんだけど」

真くんの眼が真剣だった。そして、ちょっと困っているような表情を見せた。

「なに？」

きっと私の眉間にも皺が寄ったのに違いない。真くんの唇が言い淀《よど》むように動いた。そんなに言いづらいことって。

「結婚することで、何か問題があった？」

だって、そんなに真剣な顔をされるなんて、二人の間には今のところそれしかない。

「いや、そうじゃない。いや、そうでもあるか」

「どっち」

「ごめん。はっきり言うと、結婚前に、あるいは結婚後すぐに転勤になったら一緒に来てくれるかなって話なんだけど」

「なんだ」

そんな話か。いやそんなってこともない重要なことだけど。

「びっくりした」

「ごめん」

真くんが苦笑いした。もっと、辛い話かと思ってしまったけど。

「もっと早くに確認した方が良かったんだろうけど、なんとなく訊きそびれていた」

「うん」

まぁ、確かに大事なことだろうけど、プロポーズの前に確認するようなことでもないだろうし。

「そんな予定があるの？」

「ないことも、ない」

それは一応考えてはいた。私は転勤はないけれども、真くんの会社は全国展開だ。日本中のどこにでも支社がある。そこへの転勤を命じられたら、もちろん従わなくてはならない。そうなると、私はどうするって話だ。

今の仕事は、大好き。自分で望んで入った会社で、職種。

「前も話したけれど、私は結婚しても仕事を続けていきたい」

「うん」

きちんと話して納得し合っていたはず。

私は結婚後も仕事を続ける。子供はしばらくの間は作らない。たぶん一、二年、長くて三年ぐらいの話になるだろうけれど、二人きりの生活を送る。そうして子供が出来たら、私は育児休暇を取る。会社は辞めない。

小さいけれど、会社はそれを許してくれる。実際、先輩方も育児休暇を取って復帰した人は何人もいるんだ。復帰後の仕事でいろいろ揉めたというか、望み通りにならないことも多々あるようだけれど、それはそれ。

そうなってしまったらそのときに考えればいいだけの話。

でも、いきなり真くんが転勤になってしまったのなら。

「難しい問題だね」

「そうだね」

「正直に言うね」

うん、って真くんは頷いた。

「その転勤が、何年になるかまったくわからないのなら、もちろん一緒に行く。その行った先で私に出来る仕事を探す。でも、もし、期限があるのなら、一年とか二年とか、わからないけど東京に戻ってこられるっていう転勤なら、私はこっちで仕事を続けていたい」

それが、今の正直な気持ち。

「いきなり別居ってことになっちゃうんだろうけど。でもね」

「うん」

「もし、どうしても、仮に期限付きの転勤で、その間も、真くんが私に一緒に来てほしいって思うのなら、行く」

真くんは、ほんの少しだけ眉を顰めた。

「それは、実希が自分の希望を押し殺して僕のために犠牲《ぎせい》になるってことだよね」

「犠牲じゃないよ。押し殺すんじゃない」

それはもう、決めている気持ち。

「真くんのために何かをすることは、絶対にそんな気持ちじゃない。それは、これからの人生を二人で暮らしていくためにすること。真くんのためと同時に、自分のため」

そうじゃなきゃ。

「結婚する意味なんかない」

どんなに言うのが恥ずかしい言葉だって、真くんになら言える。

「ありがとう」

真くんが微笑んだ。それから少し、何かを考えているようにじっとしていた。

「実希」

「なぁに」

「結婚したら、同居はしないって僕は決めているんだ」

同居。つまりお義父さんお義母さんとは一緒に住まないってこと。言い方があまりにも真剣だったのでちょっとびっくりした。

「もちろん今のマンションには物理的に一緒には住めないけどね」

「それは、そうね」

私も、間取りは全部わかっているマンション。

「僕は一人っ子で、長男だ。親の面倒を絶対に見ないなんて言えるはずもない。十年後か二十年後かわからないけど、そういうときは確実にやってくると思うんだ」

「うん」

それは、お父さんだってそうなんだ。今は考えようもないけれども、あの家でたった独りで暮らしていくことになる私のお父さん。

そのことを考えるとほんの少し、今から胸が痛む。

「そういう長いスパンではしょうがないけど、今の段階で基本的には親と同居はしないたくない。でも、実はもうそんな話をうちの親はしているんだ。金を出すから二世帯住宅でも建てて一緒に住みましょうって」

「そうなんだ」

確かにいきなり同居はちょっとって私も思うけど、でも。

「ありがたいお話よね」

こんな時代にいきなり一軒家に住めるっていうのは。

「いや、断るつもりでいる」

冗談交じりじゃなくて、はっきりと意志を込めた言い方に、思わず背筋を伸ばしちゃった。少し離れて、真くんの顔を見た。

「それでも、東京にいる間は、二人で東京で仕事をする限りはずっと言ってくると思う。そういう親なんだ。母さんは。君にも、必ず言ってくる。一緒に住みましょうって。二世帯だから煩《わずら》わしいことなんかないわよって。だから、それを断るのには」

唇を一度噛んだ。

「さっき転勤の話をしたけど」

「うん」

「二人で、東京を離れるのがいちばんなんだ。遠く離れたところで二人で新しい生活を始めるのがいちばんいい。だから、君さえ納得してくれるのなら僕は」

言葉を切った。

「自分で転勤を申し出たいぐらいなんだ。九州とか、北海道とか、とにかく、遠いところに」

七　親になるということ

思わず、息を吐き、そして笑顔になっている自分がいた。

そろそろ夕暮れに空が染まる頃。そうだ、こういう淡い光にこのマンションの辺りは包まれていたのだ。おそらくはマンションの濃いベージュ色の壁が陽の光を跳《は》ね返して、辺りの色合いを微妙に変えている。少なくとも今の我が家の周りとは、まるで違う夕暮れ時の雰囲気だ。

「すっかり忘れていたな」

それを、思い出した。記憶の中から色や匂いが甦ってくる。あの頃とまるで変わっていないのではないか。いや年数分だけは確かにマンション自体も古くはなっているんだろうが。

懐かしい。

棟と棟の間にある小さな公園も、ほとんど記憶の中にあるままだ。駐輪場だけは妙に新しいので最近建て直したのだろう。駐車場部分のアスファルトも比較的黒々としているからこれもここ何年かの間に工事したのか。

公園の、あの象の滑り台で何度実希を滑らせたろう。砂場でおままごとをしたろう。あるいは幼稚園の、小学校の友達と楽しそうに一緒に遊ぶ実希を眺めていたろう。そういえばあの頃はまだ煙草飲みにも風当たりは強くなく、離れたところで煙草を吸いながら眺めていた。

若い頃の、自分と、妻と。

たった一人の愛娘との三人の暮らし。

それが、この空間に満ちていたのだ。

マンションを見上げて、また大きな息を吐き、歩き出す。

これもまったく変わらないアルミサッシ製の扉を開き、コンクリートの階段を昇りだす。その音も、匂いも、何もかもがあの頃の記憶を身体の奥から甦らせる。

幸せの薫りに満ちたあの頃の日々。

もちろん、ささいな諍《いさか》いや心配事は山ほどあったはずだ。

そういえば、実希の言葉が遅いなどと心配して保健師さんや医者に相談したこともあった。心配で落ち込んでいた佳実に「あまり気にするな」と軽い言葉を掛けて怒らせた。夜中の急な発熱に慌《あわ》てて夜間救急病院まで車を走らせたことなどは何度あったか。

まだ実希が赤ん坊の頃だ。自分で何も訴えられない赤ん坊というのは、本当に心配だった。医者に「ただの風邪ですね」と言われるまでは生きた心地がしなかった。不思議なので自分で喋れるようになると、その心配度合いもぐんと下がった。「苦しいか？」と訊いて、か細い弱々しい声でも「だいじょうぶ」と実希が答えると、あぁ大きくなったんだなと実感した。

階段で転んで膝小僧を盛大に擦《す》りむいて、どうして眼を離したんだと佳実を怒ったこともあったな。そのまま階段を転げ落ちて大怪我したらどうするんだと声を荒らげると、逆に怒られた。「子供の身体は柔らかくて小さいから、大人みたいに派手に転がりませんし大怪我もしません。心配し過ぎよ」と。いつまでも手を繫《つな》いでいないと階段を昇れない子供じゃないんだと。

大体、母の方が強いと、女が強いと実感するのは子供を持ってからだというのは男たちの、父親たちの間での共通した意見だった。

男は、父親は、駄目だ。可愛い子供のちょっとしたことがすぐに心配になってしまう。おろおろしてしまう。

会社から帰ってきて、実希が風邪を引いて三十九度も熱があって寝ていたら、入院しなくて大丈夫なのかと言ってしまう。病院に行って薬を飲んで今は寝ているから大丈夫よと妻は言う。寝られるということは身体が回復するために眠りを求めている証拠だと。そんなんでいいのかと思ってしまってついつい何度も様子を見に行くと、夕餉《ゆうげ》の支度をする妻にまた怒られるのだ。「起きちゃうでしょう」と。そんなに何度も見に行かなくても大丈夫だと。

男親は、心配性で駄目だ。

もっとどっしりしなくてはと、実希が風邪を引く度に思ったものだ。男の子だったらまた違うものだろうかと友人らに訊くと、これが逆に赤ん坊の頃は、男の子の方が心配なんだという話を聞いた。小さい頃は女の子の方が丈夫なんだと。

「思い出すものだな」

実希は、ぐずると佳実より私の方に来たがった。そうだ、なかなか寝ないでぐずり出すと寝つくまで抱っこするのは私の役目だったのだ。

この手に、腕に、実希を抱いて何度もこの階段を昇り降りした。その身体が揺れる感覚が心地よかったのだろう。大抵は一往復すると眠ってくれたが、そうでない場合は何度も昇り降りする。いくら若かったとはいえ実希を抱っこしたまま六階までの階段を二度三度と往復するのはきつかった。翌朝には太股が筋肉痛になった。それだけ往復してもまだぐずるときには、車に乗せて深夜のドライブをした。

お気に入りだったトトロやポンキッキーズのCDを小さく流しながら、静かな道を選んで車を走らせた。一時間くらい走ったこともざらにあった。

子育ては、暮らしだ。

愛する妻との暮らしはそのまま子育ての日々だった。子供のために、それだけのために二人で、毎日生きてきたのだ。

佳実と一緒に。

彼女は、強い女性だった。滅多に泣き言など言わなかった。それは同じ職場で働いているときもそうだった。いつでも笑顔で、元気で、周囲の人間にその明るさを分けてくれるような女性だった。自分には過ぎた嫁だったと、今にして思う。

一度だけ、実希を抱いて泣いたことがある。

最近足のむくみが取れないと言って、佳実は病院に行った。いつも実希を診てもらっていた近所の小さな内科だ。

ところが、大学病院で検査を受けた方がいいと言われた。会社から帰ってきて晩ご飯を食べながらそれを聞かされた。何がどうしたと訊くと、本人もよくわからないと。どうも血液検査の結果がおかしかったので、きちんと検査した方がいいと言われたらしい。

一日休みを取った。

佳実の検査入院のためだ。そのときはまだ気楽だった。まぁ大したことはないだろうと思いながら、初めての実希と二人だけの夜をそれなりに愉しんだ。

実希が眠ってからは、そういえば結婚して以来一人で夜を過ごすのは初めてだなぁと独身気分を、隣りで実希は寝ているものの、そういう気分を味わっていた。

ところが、佳実はそのまま入院することになってしまったのだ。

大学病院のガン病棟に。

血液の病気の、白血病の疑いがあると医者に説明された。医学の知識など人並みでしかない。よくわからないが白血病という名前に私の顔色は青くなったはずだ。それは、とんでもないことではないかと。予想通り、「覚悟はしておいてください」と医者は言った。

本格的な入院のために細々としたものを取りに家に帰ってきた佳実は、泣いた。まだ生まれて八ヶ月かそこらだった実希を抱いたまま、さめざめと泣いた。「もう実希に会えないかもしれない」と。

大丈夫だ。きっと大したことはない。まだ疑いがあると言われただけだと、その身体を抱きしめて慰《なぐさ》めたのだが、私もその先のことを考えてしまった。この先、まだ乳飲《ちの》み子の実希を抱えてどうやって暮らしていけばいいのかと。

「大変だったな」

一ヶ月の入院。

赤ん坊の実希を実家に預け、自分は毎日そこから仕事に通った。休日には病院に見舞いに行って面会時間の間中をそこで過ごし、実希を抱っこしてこのマンションに帰ってきて二人だけで眠った。まだ何もわからない赤ん坊とはいえ、この家の、三人で暮らすこの部屋の空気を実希に忘れてほしくはなかったのだ。

同時に、入院中の佳実を元気づけるためでもあった。実家の世話になっているとはいえ、お前が帰ってくるのをこのマンションで待っているからな、というメッセージのつもりだった。気をしっかり持て、と。

まぁ結果として、佳実は何故か入院中に治ってしまった。何が原因だったのか医者もはっきりとは解明できず、検査をしているうちに異常なしという結果が出てしまったのだ。良かった良かったと心から喜んだのだが、今となってはそもそもが単なる誤診だったのではないかと思っている。

少なくとも医者から白血病の疑いがあると言われ覚悟してくださいと告げられ、そこから戻ってきた佳実が事故であっけなく死んでしまったのは何という皮肉なのか。禍福《かふく》は糾《あざな》える縄の如《ごと》しとは本当だ。

再婚を考えなかったわけではない。ちいさい実希のために新しい母親は必要なのではないかと何度も考えた。

その度に、彼女の、佳実の無念を思った。

命より大事だと思っていた実希を置いて、一人逝《い》ってしまった佳実。その思いを、忘れてはいけないのではないかと。柴山には、そんなことない、佳実さんこそ天国でお前の、お前たちの新しい幸せを願っているんじゃないかと何度か諭されたが、どうしてもそういう気にはなれなかった。

今は、それで良かったと思う。

このマンションには、彼女との思い出が詰まっている。

＊

「いや、お久しぶりです」

居間のテーブルで向かい合い、三人で微笑み合いながら、また同じ言葉を繰り返した。

玄関を開けてからもう三回目だろう。

「それで」

古市さんが背筋を伸ばす。

「お伺いしたときに改めてお線香をあげさせていただきますが」

「あぁいや」

「佳実さんのことは、本当に残念でした」

二人揃って、頭を下げてくれた。

「こちらこそ、いろいろとご面倒をお掛けしまして」

私も頭を下げる。実際、あのときぐずる実希を預かってくれたりもしたのだ。真くんが遊んでくれることもあった。

「本当にねぇ。あれからもう十何年も経ってしまったなんて」

「早いもんですね」

ついしんみりとした雰囲気になってしまったが、しかし、もう十七年も前のこと。すぐに私は笑顔を作った。いや作らずとも素直にそうなった。この懐かしい部屋の造りにそういう気持ちになっていたのだ。

「お変わりないですね、孝彦さん」

奥さんが、景子さんが微笑み、敏之さんも同意と頷いた。

「本当に、白髪が増えたぐらいじゃないですか？」

「いやいや、そんなことはないです。体重も増えたし腹も出てきたし。古市さんこそお変わりない」

無論〈古市さん〉と私が呼んだのは敏之さんの方だ。景子さんの方は、〈奥さん〉と呼ぶしかない。そもそも隣家の奥さんを名前で呼んだことなどない。親しい間柄ならともかくも大抵の家ではそうだろう。日常会話の中では〈何々さんの奥さん〉と済ませてしまうのが日常だ。そもそも景子さんという名前さえ、忘れていた。こんなことでもなければ忘れたままだったろう。

しかし、景子さんは私を〈孝彦さん〉と呼んだ。

「今でもコーヒー、ブラックで良かったのかしら？」

「あぁすみません、そうです」

よく覚えているものだなと心の中で少し驚き、どうぞおかまいなく、と、型通りに言う。それとも実希に会ったときにでも確かめたのだろうか。

景子さんは頷きながら、コーヒーメーカーの音がやんだのでキッチンに向かった。キッチンと言っても所謂《いわゆる》ＬＤＫだ。仕切りもなにもなく、この家では大きめの食卓がキッチンと居間を区分けするものになっている。うちもそうだった。結婚したときに二人で選んで益美屋百貨店で買ったテーブルを置いていた。

そうだ、ここの家の食卓テーブルも確かうちで、益美屋で買ったものではなかったのか。そんな話をした記憶がある。

「はい、どうぞ」

「すみません。いただきます」

コーヒーを口にする。

景子さんが私を、名前で呼んだことが気になっていた。

綾乃に、景子さんの人となりを聞いていたせいだろう。これも景子さんの性格を表すものなのかと。

隣りに住んでいた頃にそう呼ばれたことがあっただろうか。覚えがない。もし仮にあの頃に、下の名前で呼ばれたことがあったのなら覚えていた筈だろう。違和感があったからだ。

いや、それは先入観によるものだろうか。息子が結婚する気で付き合っている女性の父親、しかもかつての隣人。ならば、きちんと孝彦さんと呼んだ方がいいだろうという判断かもしれない。

それは、確かに非常識ではないと思う。少々早いような気もするが、これでもし結納でも交わして、その席で孝彦さんと呼ばれたのなら成程これからは身内に、親戚付き合いになるのだ、と、あらためて感慨深く思うかもしれない。

やれやれ、だ。

どうも考え過ぎている。自分はこんなにもあれこれと考える人間だったか。やはり一人娘の結婚という事態に遭遇して自分を見失っているのか。

落ち着け、と息を吐いた。

「國枝さん、煙草は今も吸っていますか?」

「あぁ、いや」

吸ってはいますが、我慢できますから大丈夫ですよと手を軽く振った。ひょっとしたら私が息を吐いたのを、煙草を我慢していると勘違いしたか。

「いえご遠慮なく。私もまだ喫煙者なんですよ」

「そうでしたか」

すっかりマイノリティになってしまった者同士。そういう笑みを浮かべる。壁際のサイドボードから古市さんが、小さな灰皿を出してくれた。

「普段は居間では吸えないんですがね」

「そうですか」

もちろん、あの頃もそうだった。小さな子供がいるところでは煙草を吸えなくはなっていた。私も玄関脇の自分の部屋でしか煙草は吸わなかった。

開け放ったベランダの向こうを眺める。そこから見える景色は、隣りの棟とその周りの様子はかつての私たちの部屋からのものとほぼ同じだ。ベランダに出れば、薄い仕切り板の向こうが、私と佳実と実希の家だったのだ。

「今回は、何と言っていいか、恐縮するというか」

煙草に火をつけ、お盆を下げに行った景子さんが戻ってきて隣りに座ったところで古市さんが頭を下げそう切り出した。

「いや、こちらこそ本当に」

苦笑いするしかない。娘の、向こうにしてみれば息子さんの、恋愛話。付き合っている相手の親と会うのはお互いに初めての経験。それは実希から聞いていた。

「実希ちゃん、本当にきれいになられて。奥さんにそっくりになりましたね」

「ありがとうございます。しかし、不安ですよ。男手ひとつでしたからね。躾《しつけ》ひとつ満足にできなくて。ちゃんとした奥さんになれるのかどうか」

「いいえぇ、そんなことないですよ。きちんとしてました」

奥さんが、笑って言う。食事の席で会ったときの印象ということだろう。

「うちの真みたいなのでいいのかしらって思っちゃったぐらいで」

「いや、真くんこそ驚きました。すっかり立派になられて」

「え？　会われたのですか？」

「いやいや、実希に二人で撮った写真を見せてもらったのです。実希にはもったいないぐらいのイケメンでした」

これは本当のことだ。そしてイケメンなのも事実だ。それもそこらの軽そうな感じではなく、好青年という印象を抱かせるすっきりした顔立ちの。小さい頃からご両親の両方の特徴を受け継いだ顔立ちだったが、いいところばかりを合わせた感じで育ったのだろう。

こう言ってはなんだが、古市さん夫妻は、ごく平凡な顔立ちのお二人だ。

「そう、写真といえば」

きっかけはどうしようかと考えていたが、図らずもその単語が出てきたところで、背広の内ポケットから封筒を取り出した。

「話の種にと、昔の写真を引っ張り出してきたのですよ。お二人が写っているものもありました」

「あら」

そんなに多くはない。

「一度だけですけど、皆で動物園に行きましたよね」

「そうそう」

笑顔になった。まだ幼稚園の頃の実希と真くんと、そうして若い私たち。全員が写っているのはないが、たぶん私が撮った五人が並んだ写真。

「あー、懐かしいですね」

「やだわ私すっごく太ってる」

「そんなことはないでしょう」

実希と真くんがベランダに小さなプールを出して水浴びしている写真、私たちの部屋で何故か古市さんが背中に実希と真くんを乗せて馬になっている写真。

「こうしているときには、まさかこんな日が来るとはね。考えもしませんでした」

古市さんが言うと、景子さんが笑う。

「あら、私は少し考えたわよ」

「そうなのか？」

「よくあるじゃない。幼馴染みのカップルの話は」

まぁそれはよくある話ではあるが、結婚に至るカップルは現実にはそう多くはないだろう。

「実希ちゃん、可愛かったもの。このまま大きくなるまでずっと一緒にいて、付き合っちゃったらどうなるだろう、なんて考えたわ」

そういうものか。私は微塵も考えなかったが、それはまぁ男親と女親の違いか。

「あの、孝彦さん」

「はい」

「失礼ですけど、結婚に反対なんてことは」

景子さんが微笑みながら訊く。

「そんなことはありません。もちろん」

まだ真くんからの正式な申し込みがないので私がどうこういうことではない、と前置きした。

「実希はもう大人です。余程のことがない限りあの子の判断に任せて、私もそれに異を唱えるつもりはありません」

相手がヤクザものとかバツイチとか子持ちなどというのであれば、考えるようには言うだろうが。

ありがとうございます、と、古市さんが軽く頭を下げる。

「まぁ親の欲目は抜きにして、真は大きな問題もなく育ち今に至っています」

あらそうかしら、と景子さんが悪戯っぽく笑う。

「あの子ね、孝彦さん」

「はい」

「反抗期っていうのがまったくなかったんですよ」

「ほう」

それは、珍しい。無論個人差はあるだろうが、子供を持つ親の同僚たちとはそういう話を何度もしている。ひどい場合だと家庭内暴力にまで至った話もあった。親にも問題があるのではないかと思う場合も、ないとは言えなかったが。

「それはでも、良いことでは？」

「そりゃあ楽だったんですけど、中学でも高校でもあの子ったらあんまりにもいい子だったので逆に不安になったぐらいなんですよ。ねぇ？」

旦那さんに向かって同意を求めると、古市さんも苦笑いした。

「男はね、ありますよね？」

「ありましたね」

私にも覚えがある。男の子は特にそうだ。母親に向かって素直になれない。派手な反抗まではしなくてもぶっきらぼうになる。返事なんかしやしない。大体、男というのはそういうものだ。男の子はできなかったが、自分の過去を振り返ればすぐに想像がつく。

「確かに、真にはまるでなかったんですよ。僕もまぁこんな叩けば倒れるような頼りない男ですが、親に反発した時期は確かにあったんです。でも、確かに真にはまったく反抗期というものを感じなかったんですよね」

「そうなんですか」

「それに、自分の部屋にエロ本ひとつなかったんですよあの子。今もですけど」

景子さんのその率直な物言いに、苦笑いする。最近の若い男の子は草食系などと言われ淡泊だそうだが、真くんもそういう男性なのだろうか。しかし。

「私もエロ本は部屋では見ませんでしたよ」

「そうですか？」

ほらみろ、という表情を古市さんは奥さんに向かってする。

「僕もそうだったと言ったんですが信じなくてね」

「そもそもエロ本を自分で手に入れるという度胸がなかっただけのことですけどね」

「そうそう」

男二人で笑ってしまった。

「まぁしかし、男のくせにマメでして、そうそう、一人暮らしは経験していませんけど料理も掃除も一通りできますので実希さんに迷惑を掛けることはないと思いますよ」

「ほう」

実希にそう聞いてはいたが、驚いておいた。

そうなのだ。真くんは一人暮らしをしたことがない。二十七歳になる今までずっと両親と一緒に住んでいる。

そこは、確かに気になった。

古い考え方だとはわかっているが、男は家を出て、一人で暮らしてこそ一人前だと思っている。無論、種々様々の事情はあるだろうが、何もないのならば一人暮らしをしない男を一人前だと認めるわけにはいかない。そんな風に思っていた。

だから、それも訊こうと思っていたのだ。あくまでもさりげなく。

「まぁしかし、反抗期がなかったからといって心配することもないでしょう。そういう男の子もいるのですよきっと」

「そうなんでしょうけどね。逆に裏で悪いことしてるんじゃないかって心配になっちゃって」

学校の先生をあれこれと質問攻めにしたこともあったと景子さんは言う。学校で息子はどういう男の子なのかと。中学高校はもちろん、大学のゼミの教授にも訊いてみたそうだ。

「それで、何かあったのですか」

「それが、何にもなくて」

手に口を当てて景子さんは笑う。

「ねぇ、お隣りさんだったんだから隠さないで全部言っちゃいますけど、先生方が口を揃えて言うには『男の子なんだからもう少し覇気《はき》があってもいいとは思いますが、大人しくて優しい良い生徒さん』って」

成績が極端に良いわけでもないが、上位の方にはいる。場を賑やかにさせるムードメーカーではないが、いつも穏やかに微笑んで皆の中にいる。つまり、何の問題もない良い男の子。それが先生方の共通した認識だったようだ。実希もそう言っていた。だとしたら確かに真くんはそういう男性に育ったのだろう。

大人しくて優しいのだから、良いことではないか。何も押しが強いことだけが男の美点ではない。

「実希はあれで男勝りな部分もありますから、ちょうど良いかもしれませんね」

「あら、そうですか？　変わっていないんですね。小さい頃、真の方がよく振り回されたというか、尻に敷かれていたというか」

「そうでしたか」

そうかもしれない。真くんはいつも優しいお兄ちゃんだったと記憶している。女の子にしては元気一杯だった実希の我儘をいつも聞いてくれていた。

コーヒーを飲み、失礼して、と言いながら煙草に火をつける。煙を吐いた後に、あくまでもさりげなく訊いてみた。

「真くんの会社は、ここから近いのでしたか?」

そうですね、と古市さんは頷く。

「なんだかんだで、三十分ぐらいだったかな?」

奥さんに訊いて、景子さんも頷いた。

「それで、結局ずっと家にいるんですよ。入社当時は、あぁ大学に入ったときもですね、一人暮らしをしようかなって言っていたんですけどね。とりあえず通ってみると言いながらもう何年も過ぎました」

そうか。一人暮らしをする気持ちはあったのか。しかし通勤時間三十分なら、確かにこの家を出る気にはなれないかもしれない。いやむしろ、堅実な性格だと聞いている真くんなら、一人暮らしはお金の無駄遣いという気持ちになるやもしれない。

「家にはね、社会人になってからは一応お金を入れているんですよ。食事代だと言いまして」

古市さんが言う。私も微笑んで頷いた。息子のためにフォローしたというところか。ただで住んでいるわけではなく、社会人になった息子として家のためを考えてくれていると言いたかったのだろう。それは当たり前だと思ったが、昨今はそんなことすら考えない奴らもいる。

確かに真くんは、十二分に、善き男性なのだろう。娘の結婚相手としては。

「家は、ずっとここでしたからね」

景子さんが、少し声のトーンを落として言った。あれからずっとここに住んでいるという意味合いだろうが、どんな話になっていくのかわからず、景子さんを見つめた。

「甲斐性《かいしょう》なしって思われるかもしれませんけど、ここ、相変わらず家賃安いんですよ」

聞けば驚くぐらい変わっていなかった。あの頃も相場より安かったのだが。

「どこかもっと環境の良いところに引っ越したいとか、一軒家に住みたいとか、いろいろ考えたんですけどね」

「そうでしょうね」

景子さんの話をそのまま古市さんが引き取った。

「親戚になるかもしれないんですから、もう、ざっくばらんに言いますが」

「はい」

「僕も妻も、親がもういないことはご記憶でしたか？」

あ、と、口を開き、声にならない声を上げてしまった。

そうだ、思い出した。すっかり忘れていた。当時そういう話をした記憶がまるで泡のように浮かんできた。

「そうでしたね。すみません、すっかり忘れていました」

頷きながらにこりと古市さんは微笑む。

「幸いにも仕事自体は今まで順調でしたが、そうそう収入が増えるわけでもありません。しがないサラリーマンですからね。ローンのことを考えるとどこか郊外に一軒家というのは、どうしても負担が大きいと考えてしまいました」

頭金を融通してくれる親もいない。子供も一人きり。老後の面倒を見てもらおうとは考えていないと古市さんは続けた。

「だから、将来のことを考えると、ここから離れるのはどうしてもね。ふんぎりがつきませんでずるずると住んでいます」

小さく頷いた。

「わかります」

私のところも、火の車ですと伝えた。家計ではなく、百貨店業界自体の話をした。それはもう誰もが新聞などで知るところだ。古市さんも景子さんも、ほんの少し顔を顰めて頷いてくれた。

幸いにも私には親が遺してくれた一軒家があったので、そういう心配はしなくて済んだのだが。

「でもね、國枝さん」

景子さんが笑顔で言う。

「はい」

「もし、もしもですよ。真と実希さんが結婚してその気になってくれるのなら二世帯住宅なんかいいなぁって考えてもいるんですよ」

「あぁ」

そうですか、と軽く返事をしてみた。古市さんはほんの少し眉を顰めたので、この話題がどれぐらいの重さを持っているのかは理解できたし、景子さんと古市さんの間の温度差も理解できた。

「あ、もちろんそんな話を実希さんにしたわけじゃないですからね。ほら、男の子を持った母親の夢みたいなもので。よくホームドラマなんかにもあるじゃないですか。息子と可愛くて素直なお嫁さんと一緒の家で」

「そうですね」

あるだろう。そういうホームドラマは。同時に嫁姑の激しい葛藤《かっとう》のドラマも昔から数多くあるのだが。

「今さらですけど」

「はい」

古市さんと景子さんの顔を見た。

「お二人は、実希と真くんの結婚は、もう受け入れられているんですね」

それはもう、と、二人とも顔を綻《ほころ》ばせて頷いた。

「真の決めたことですし、実希さんもとてもよいお嬢さんに成長してました。僕はもう一も二もなく」

「もちろん私もですよ」

景子さんが、微笑む。

「嫁姑のことはご心配なく。この間、久しぶりにお会いしてから、次にはいつ会えるのかってもう楽しみで楽しみで」

その景子さんの笑顔にも口調にも裏はないと、感じた。

ただ、あまりにもあっけらかんとしているのは、少し気になった。それの何が気になったのかはわからないが。

わからないが、気になったという私の勘はそうはずれてもいないのかもしれないと思ったのは、古市家をお暇《いとま》してすぐだ。

煙草を買いにコンビニに行くので、そこまでご一緒しますと古市さんがサンダル履きで一緒に出た。景子さんは玄関で深々とお辞儀して、またいつでもいらしてくださいと言ってくれた。

二人で階段を下り、棟の玄関を出る。すぐ近くに私たちがいた頃にはなかったコンビニができていたのでそこまで行くのだろう。

駐車場や駐輪場は新しくなったという話や、すぐ近くにあって確か一、二度一緒に飲みにいった小さな居酒屋は代替わりしたと古市さんが教えてくれた。

別れ際、古市さんがほんの少し申し訳なさそうな顔をして、私に言った。

「國枝さん」

「はい」

「近いうちに、二人で軽く飲みませんか」

あぁいいですよ、という返事がすぐに頭に浮かんだのだが、古市さんの表情に何かが見て取れた。

「もちろん、構いませんが」

そういう私の表情から、察してくれたと思ったのだろう。

「女房には、内緒で」

お話ししたいことがある、と、古市さんは言ったのだ。

八　親という存在

「どういうこと？」

思わず顰め面をしちゃった。きっと眉間に皺が寄った。遠くへ行きたい、遠い町に転勤してそこで住みたい。

親とは離れたい。確かにそう言った。

起き上がった真くんは、ベッドサイドに置いてあった携帯を見た。

「まだ、時間大丈夫だよね」

「うん」

大丈夫。そもそも遅くなってもお父さんは何も言わない。日曜日の今日だってデートだとは思っていない。仕事で会社にいる日も多いんだから。

「どこかで、コーヒー飲もうか」

いつも利用している昔からある喫茶店。私の会社の近くなんだけど、奥まったところは柱がたくさんあって間には古い映画のポスターなんかがパネルに貼られていて、個室っぽい雰囲気を醸《かも》し出している。だから、作家さんとの打ち合わせをするのにも、一人籠《こも》ってゲラを見るのにもちょうどいいんだ。

真くんはブレンド、私はアイスティー。誰かとお付き合いを始めてこういうお店に入ると、注文したものが運ばれてくるまでの間の何気ない会話ができるようになるまで少し時間が掛かると思うけれど、真くんとは最初からそれができた。幼馴染みというのは、そういうものなのかなって思ったっけ。

「さっきの話だけど」

「うん」

ずっと、どう説明しようか考えていたって続けた。

「でも、どうしても上手く説明できそうにないんだ。簡単に結論だけ言ってしまうと、親と、母さんと君をできるだけ遠ざけたいってこと」

そういうことなんだというのは、さっきの話で理解したけど。

「それは、お母さんが、その、良くないってことなの？」

「そういうことだね」

良くない、っていう私が言った言葉を真くんは繰り返した。

「どう、良くないの？」

それは説明してもらわないとわからない。

「少なくとも私の記憶の中にある真くんのお母さんは優しい隣りのおばさんだったし、この間会ったときだって」

私と会って本当に喜んでくれていた。嬉しそうな顔をしてくれた。懐かしい昔話をしてくれたし、隣りのおばさんは、真くんのお母さんの景子さんという人は明るい女性だったんだなって思った。

「全然、悪い印象なんかないけれど」

「悪い印象がなくても、長く付き合えば見えてくるものがあるよね。会社の同僚なんかでもそうだろう？　最初はいい奴だなって思ってもその内にだんだんと鼻についてきて、最終的には傍にいるのも嫌になるような人って」

「それは」

確かにそう。そういう人もいる。それは相性みたいなものの場合もあるし、相手が本当にどうしようもない場合もあるし。

「少なくとも真くんは、お母さんと私は合わないって感じているわけね？」

「合わない。あの人は、駄目だと思う」

私を真っ直ぐ見て、間髪《かんはつ》入れずに真くんは答えた。それから、ふぅ、と大きく溜息をついた。

「ごめん、わかってる」

そう言ってコーヒーを一口飲んで、続けた。

「自分を産んで今まで育ててくれた人をそんなふうに言うのはとんでもなく親不孝なことで、君に怒られてもしょうがないとは思ってる」

まだ怒ってない。全然どういうことかわからないから。

単純にお母さんと仲が悪いのなら、きっともっと前にそういうふうに言ってくれたと思う。でも、真くんはそんな話はしていなかった。この間会ったときにもごく普通に、親子の会話をしていた。そんな雰囲気は微塵も感じ取れなかった。

だから、単に仲が悪いということじゃないんだ。何かがあるんだ。できるだけニュートラルな気持ちで聞かなきゃって思った。

「ましてや実希は、お母さんを早くに亡くしてしまった」

だから、こんなふうに言うこと自体申し訳なく思ってるって言う。

「ひょっとしたら、実希は義理とはいえ母親という存在ができることを楽しみにしていたかもしれないよね？」

申し訳なさそうな、でも、優しい眼をして、真くんは言った。大丈夫だ。いつもの真くんだ。どこか精神状態が悪いとか、豹変《ひょうへん》してしまったとかいうわけじゃない。今まで言えなくて悩んでいたことを、きちんと話そうとしてくれているんだ。

「それは」

うん、確かに。

「少しあったかも」

お母さん、という存在を無くしてしまった私の中に。

「前にも話したかもしれないけど」

「うん」

「お母さんと一緒に台所に立って晩ご飯を作ったり、洗濯物を畳んだり、並んで買い物に行ったりっていう風景は、確かに憧れだった」

自分にはもう絶対に望めない状況。小学生の頃からそれは思っていて、そしてどこかで諦めていた。

「お父さんが再婚したらそうなるかなって考えたことはあったけど」

結局お父さんは、再婚しなかった。

「それはきっと私のせいだと思うんだ」

一度だけ、あれは私が中学生の頃だったけど、お父さんが訊いてきたことがある。

「どうしてかはわからないんだけど、今でもはっきりあの場面を覚えているの」

夏休みの前だった。いつものように学校から帰ってきて炊飯器のスイッチを入れてお父さんが帰ってくるのを待った。

「その頃からお父さんは判で押したように同じ時間に帰ってきていたから」

玄関のドアが開く音がして、ただいま、とお父さんの声が聞こえて、お帰りなさーいと私が出迎えて、それから二人で晩ご飯の準備をする。

その日の晩ご飯は、ハヤシライスだった。私はお父さんの作る少し甘めのハヤシライスが大好きで、食卓に登場する回数はかなり多かったと思う。

「隠し味にチョコを入れるんだよね」

「そうそう」

ほんの一かけらのチョコ。それを入れると魔法のように美味しくなるハヤシライス。残念ながら前に花恵に作ってあげたときには「よくわからん」って言われたけれど。

「それと、バターライスは無塩バターで」

「うん」

今度真くんにも作ってあげると言ってたけどまだ実現していない。

「そうやって二人で作って、居間の座卓で二人で食べていた」

テレビがついていた。ニュース番組。その頃はニュースになんか興味はないからお父さんに学校であったことを話したりしていた。いつものように。

そう、私とお父さんはとてもよく話をする親子だと思う。私は、ほとんどのことをお父さんに話して聞かせていた。もちろん、話せないこともあったけれども。

「そうやってね、そろそろハヤシライスを食べ終わる頃に、お父さんがふいに言ったの。早口で」

「早口で?」

「そう。普段はゆっくりきちんと話す人だから、そのときは何を言ったのか一瞬聞き取れなくて、訊き返す前に自分の頭の中で考えたの。『お父さんは今何て言ったのか?』って。そうしたら、『新しいお母さんを欲しいと思うか』って言葉になっていた」

そう気づいたときに、私は反射的に言ってしまった。

「『とりあえず、いらないです』って」

「とりあえず?」

「そう、とりあえず」

笑ってしまった。今でも思い出す度にどうしてそんなセリフが出てきたのか理解に苦しむんだ。

「君はもっときちんとした言葉遣いの子供だったんだよね?」

「そうなの」

お父さんに躾けられた。女の子はきちんとした言葉遣いをしなきゃならないって。

「きちんとした言葉を使って話せば、たとえば十しか魅力がない顔やスタイルでもそれが十三か十四ぐらいに見えてくるって」

前にも話したこと。真くんが笑って、でもその後に真面目な顔をして「その通りだね」って頷いていた。

「たぶん、慌てちゃったのね。いきなりそんなことを言われて。でもお父さんもどう言えばいいのか悩んでいたんだと思う。だから、直球勝負で」

「そのとき、お父さんには意中の人がいたのかな」

「それもわからない。ただ一度は訊いておかなきゃって考えたのかそれとも誰か、再婚を考えている人がいたのか」

それっきりだった。

「とりあえずとはどういうことだ、って訊きそうなものだったのに、それもお父さんは言わなかった」

そうか、って頷いて、ちょっと微笑んでそれだけ。私もそれ以上何も追及しなかった。

「その後に色々考えてみたけど、やっぱり新しいお母さんという人があの家の中に居る風景っていうのは想像できなかったの。それまで思い描いていたお母さんと一緒にいる風景の中に居たのは、死んだ母親だったから」

「うん」

「だからっていうのでもないけど、確かに」

真くんがお母さんのことを、そんな風に言うのはどうかと思うけれど。

「それは私のことを考えてくれているからのことなのよね？　だって本当に嫌いだったら、ずっと家に住んでいるはずもないものね？」

ふっ、と、花恵の言葉が浮かんできた。どうして二十七になるまで自宅で一緒に暮らしているのか確かめた方がいいよって言っていたっけ。

『親と同居せざるを得ない、何らかの事情。経済的なものなのか、精神的なものなのか、何なのかはわからないけれど』

図らずもそれを確かめることになってしまったんだ。

真くんは、小さく頷いた。

「もちろん君のことを考えたからだけど」

コーヒーを一口飲んだ。

「今まで自宅を出ないでずっと一緒に住んでいたのは、まぁわざわざ一人暮らししなくても大学や会社に通えたっていうのは確かに大きい。節約にもなるしね」

二人で少し笑った。倹約家の真くん。

「でも、父さんがいなかったら、さっさと家を出ていたと思う」

「お父さん」

「僕が家を出ていったら、母さんと二人きりで毎日を過ごすことになる。それはきっと父さんの負担になるなと判断したんだ。実際に父さんがそんなことを僕に言ったわけでもないけどね。単なる想像でしかなかったけど」

「それは」

どういうことか。

「お父さんは、えーと」

どう言っていいか迷った。

「あの、お母さんと仲が悪いの？」

それも、そんな風には見えなかった。

「仲が悪いというか」

真くんが、首を横に二度三度振った。

「駄目だな。やっぱりはっきり言わないと、説明できない」

「はっきり言って」

少し焦れてしまって、私は背筋を伸ばした。

「私は真くんと結婚するって決めたの。それは、この先何があっても一生真くんと一緒にいようって、いたいって思ったから。だから、どんなに、その、ひどいことがあってもそれを受け入れる」

真くんは、少し眼を大きくして私を見て、それから、ありがとうって言って頭を小さく下げた。

微笑んで、嬉しいよって。

＊

「どうぞー」

「おじゃましますー」

花恵のマンション。もちろん、賃貸。何度も来ているけれど、来る度に嬉しくなる。

「にゃおーん！」

呼んだらとっとっと、近づいてきて、にゃおん、と鳴く黒猫の〈にゃおん〉。床にペタンと座って抱き上げる。このにゃおんはすっごく人懐《ひとなつ》こい。誰にでも抱っこされるし、ひっかくこともないし怒ることもほとんどないんだって。そしてその鳴き声も本当に〈にゃおーん〉って文字に書いたように聞こえる。

「少し太った？　お前」

「あ、禁句」

バタバタとお風呂の用意やスーツを脱いだりしていた花恵が戻ってきて言う。

「うそ」

一キロ太ったのって花恵は言う。

「飼い主ともども」

「あらら」

「まぁでもにゃおんはともかく花恵はね」

少し太った方がいいと思う。入社当時のまだ学生の雰囲気が抜けずに丸かった頃の方が可愛いと思う。今は少し痩せ過ぎ。

「そうやって人を太らせて婚期を遅らせようとしてるんでしょ」

「そんなことしません」

「決まった人の余裕ね」

喋りながら、二人でデパ地下で買ってきた袋を開ける。にゃおんが、なになに？　って顔をして袋を覗き込もうとするのを、だめよーって押さえる。

たぶん三歳ぐらいになったにゃおん。もともとは野良猫。お母さんとはぐれたのか捨てられたのか、会社の近くのビルとビルの隙間でにゃおーんって小さく鳴いていたのを私と花恵が飲みに行く途中で見つけてしまった。

見つけてしまって、しかもすりすりと擦り寄られてしまって、独身女が猫を飼い出したら婚期がさらに遅れるという都市伝説をもとに、絶対に猫は飼わないって言っていたのに、もうどうしようもなくて二人で相談して花恵の部屋で飼うことにしてしまった。

うちでも良かった。お父さんも基本的に動物は好きだし。今までも何度も犬や猫を飼おうとしたんだけどタイミングが合わなかった。

一ヶ月に一回の二人だけの女子会は、花恵の部屋にしてもらった。どこかのお店でも良かったんだけど、相談したいことがあったから。

「お風呂、入っちゃうでしょ?」

「うん」

二人で部屋で飲むときには大体お泊まり。お化粧を落としてお互いにすっぴんで部屋着になってごろごろごろごろ。

「にゃおんと遊んでるから花恵先に済ませちゃっていいよ」

「りょうかーい」

今日もウィスキー。ハイボール。お互いにお酒はなんでもイケる。量はそんなに飲めないし、花恵は悪酔いすると脱ぎ出すので困る。

タイマーをセットしておいたご飯は炊けている。お総菜も美味しそうなのをたくさん取りそろえた。海老と蓮根《れんこん》の柚子胡椒《ゆずこしょう》炒《いた》めとか、シンプルなポテトサラダにいい色している手羽先、あげサツマイモの胡麻《ごま》和えも美味しそう。にゃおんがソファの上にお座りしてじーっと見てる。今にも飛びかかってきそうで、可哀想だけどあげません。

「はい、おまえにはこれ」

猫ちゃん用のおやつのササミ。これをあげるといつまでもしゃぶっているんだよね。話したいことはたくさんある。今やってる仕事のこと。同じ部の編集者のあの人はどうしてああいうことをするのか、あぁその人の話はこっちでも聞いてる、でもこんなこともあったらしいよ。大先輩のあの編集者がこの間の異動で畑違いのあそこへ行ったのはこんな裏事情があったらしいとか、あるいは。

花恵は雑誌の部署で、やってることは違うけど同じ編集者。本が大好きなことに変わりはない。この間読んだあの作家の作品は泣いた。いや私は泣けなかった。それよりあの作家さんはどうしちゃったのか、とか。

とにかく、話すことはたくさんある。尽きることがない。もしお父さんがここにいたら、口を開けて呆れているだろう。よくそんなに話すことがあるな、と。

「それで？　お父さんはどうなのその後」

「うん」

嫌がって会わないわけじゃないことは確認できたって話した。

「自分の中で何か考えを整理したいことがあって、それが」

「整理できればすぐに会うって？」

「そう」

反対もしないって言っていた。問題はないと真くんにも伝えておけって。

「良かったじゃない。後はお決まりのご対面を済ませばそれでちゃんちゃん、でしょ」

「うん」

結婚に関しては、そうなんだけど。

「なんかあった?」

「あった」

「なになに」

うーん、と、唸った。もちろん、花恵に相談するつもりでいた。相談というか、どう思うか訊いてみようと思っていた。

「真くんがね、東京を離れたいって」

「うん?」

同じ東京にいると、お母さんは二世帯住宅でも建てるから一緒に住みましょうと言ってくると。それは絶対に避けたいし、なるべく私とお母さんの距離を置かせたいって。

「どういうこと?」

「それがね」

どう言っていいかわからないって真くんは悩んでいたけど、話を聞いた私もさて一言ではなかなか説明できなくて困る。確かに真くんが言い淀んでいたのもわかる。

「真くんのお母さんは、トラブルメーカーだからって」

「トラブルメーカー？」

「そう」

一言で、しかも優しいフィルターを掛けるとそういう表現になる。

「どういう類いのトラブルメーカーなの？　いやそもそも実希は会ったんだよね？」

「会った」

「そんな人だったの？」

「全然わかんなかった」

元気で明るくて良い人だなって思ったぐらい。だから、真くんが悩んでいるというのを聞いてもいまだにピンと来ないんだけど。

「真くんがずっと親と同居しているっていうのもそこに原因があったの」

「ごめん、よくわからない」

「お父さんを守るために」

「お父さん？」

つまり、お父さんは、お母さんが周りで起こすトラブルの矢面に立っていた。お母さんは何にも気にしていないから。それで、お父さんは胃を患《わずら》ったりいろいろメンタル的にもまいってしまうことが多かった。

「自分が一緒にいないと、余計に負担が掛かってしまって下手したら倒れるんじゃないかって真くんは心配していたのね。一人息子である自分が一緒に住んでいれば、精神的にもどこか楽になれる部分があるんじゃないかってことで、彼は家を出なかったの」

花恵が、口をほんの少し尖らせてから言った。

「なるほど」

「わかった?」

「いやまだ何にもわかんないけど、どうしてずっと親と一緒に暮らしてきたのかは、それで理解できた」

それなら、今まで聞いてきた真くんの人となりを含めて考えて納得できるって。

そもそもの発端というか、真くんがそれに気づいたのは小学六年生のときだって。

「マンションの同じ棟の同じ幼稚園に通っていたグループで、夏休みにキャンプに行ったんですって」

「うん」

全部で十世帯の大所帯。それはもう楽しかったって。

「楽しそうよね、特に子供たちは」

同じ小学校に通う仲間。中にはそんなに仲が良くない子もいたけど、山の中のキャンプ場という別世界に来るとそんなことは関係なくなる。

「山に登ったり、川で魚を捕ったりそりゃあもう大騒ぎで」

「眼に見えるようだわ。もし実希もまだそこに住んでいたら一緒に行ったんだろうね」

「たぶんね」

夜になって、お母さんたちが作ってくれた楽しい食事も終わった。子供たちはひとつの大きなバンガローに集められて、寝かされた。

「寝られないわよね。絶対」

「そうそう」

夜遅くまで騒いでいたけど、その内に皆が寝入ってしまった。真くんは、ふと夜中に眼が醒《さ》めた。何時かわからないけど、友達は皆寝ていた。トイレに行きたいんだと気づいてベッドを出て、皆を起こさないようにそっとバンガローを出て、外の管理棟にあるトイレに向かおうとした。

「まだ大人たちが何人か、外に張ったタープの下でランプの明かりを灯して何か話していたんですって。真くんのお父さんもそこにいたのね」

お父さんにトイレに一緒に行ってもらおうと一瞬考えたけど、六年生にもなってそれは恥ずかしい。躊躇していると、会話が聞こえてきた。

「今でもはっきり覚えているって。人数は自分のお父さんを含めて三人。他の二人はもちろん友達のお父さん。楽しそうに飲みながら話をしているんじゃなくて、大人になってから考えると随分深刻そうな顔をしながら話していたって」

「じゃあ」

花恵が言った。

「その、真くんのお母さんのトラブルメーカーぶりを糾弾《きゅうだん》されていたってこと?」

「そういうこと」

話している内容は全部聞こえてきたけど、まだ子供だった真くんにその中身はよく理解できなかった。とにかく、自分のお母さんの態度に迷惑しているからなんとかしてくれないかと言われているのは、わかった。

「糾弾というほどでもなくて、口調は穏やかだけどはっきりとした苦情。そしてとにかくお父さんは恐縮して、平謝りしていたって。子供心にあんな顔を、悲しそうな辛そうな顔を見たのは初めてで、胸の辺りが苦しくなったんだって」

花恵が、うーん、と唸った。

「その話の内容は後日、つまり大人になってから理解できたの?」

「たぶん、真くんのお母さんが周囲の男性、つまり他のお母さんたちの夫に色目を使っているようだから勘弁してくれってことだったみたい」

「色目?」

「そういうのを含めて、とにかく自分たちの妻がなんか迷惑しているみたいだって。それもね、具体的にどうこうじゃないらしいの。真くんのお母さんの何気ない行動や言葉が周りのお母さんたちの癇に障るらしいって」

「具体的ではないのね」

それから、真くんは大人たちの会話に耳をそばだてる子供になってしまったって言っていた。

とにかく、お父さんのあんな顔を二度と見たくなかったから、どういうことが起こっているのかを理解したかったって。

「そういう日々の中でね」

ある日、決定的な出来事が起こってしまった。

「なに」

「同じマンションのある奥さんが、自殺をしたって」

その原因が、真くんのお母さんにあったのではないかって噂《うわさ》が立ったんだ。

九　生きていくこと

早い方がいいのですが、と、古市さんが言った。

「明日はいかがですか」

仕事が終わってからどこかで一杯飲もうという意味だろう。

「私は一向に構いませんが、大丈夫ですか？」

そう訊いたのは、確か古市さんは仕事帰りに飲みに行くことがほとんどない、というのをたった今思い出したからだ。あの頃の私は百貨店の閉店時間も含め遅くなることが当たり前だったので、対照的だったのだ。

はい、と古市さんは少し笑みを浮かべて頷く。

「月に一、二度は同僚と飲みに行って遅くなるのはいつものことなのですよ」

「そうですか」

この十数年の間に習慣も変わったのだろう。それではどこにするかと歩きながら話し、二人の職場と自宅の中間辺りを頭の中で探り、池袋《いけぶくろ》にしましょうかと話が決まった。それなら、いい店を知ってるからそこにしましょうと古市さんが言って、迷わぬように待ち合わせ場所を決め、携帯電話の番号もメールアドレスもその場で交換した。傍《はた》で聞いていたら中年の親父が二人でデートの約束でも取りつけているみたいで気持ち悪かったかもしれない。

古市さんと別れて、自宅に向かう電車の中で考えていた。

私に話したいことがある。それはすなわち私たちの娘と息子の結婚に関することであろう。しかしあの二人に何らかの問題があるとは思えない。

女房には内緒で、と言ったのだ。

（やはり、か）

奥さんには、景子さんには何か問題があるのだろう。綾乃が言っていたように、実希が結婚して景子さんを義母とした場合にそれが表面化するかもしれない。それを事前に伝えておきたいのではないか。そう結論付けざるを得ない。

いやまだそう決め込むのは早いか。ひょっとしたら古市さん自身に何か問題があって、それをあらかじめ伝えておこうというのかもしれない。

綾乃の顔が浮かんできた。

彼女は、娘が結婚してすぐに離婚したと言っていたではないか。

(その逆も考えられるか)

とてもそうは見えないが、古市さんには、実は愛人がいて息子が結婚するのを契機に離婚するつもりなのかもしれない。あるいは、縁起でもないが病に冒《おか》され余命《よめい》幾《いく》ばくもないとか。

自分で考えておいて、何を馬鹿な、と苦笑いしてしまった。いくら人生においてドラマチックなことはいくらでも訪れる可能性があるとはいえ考え過ぎだ。

しかし、何らかの告白があることは確かなのだ。それは間違いない。その何かを聞かされたときに私はどうすればいいのか。

ふぅ、と息を吐いた。携帯電話を取り出して、友にメールをしてみた。〈晩飯でも付き合わないか〉と。

*

「なるほどな」

トンカツを頬張《ほおば》りながら、柴山が頷く。五十を過ぎたというのにこいつの健啖家《けんたんか》ぶりにはいつも感心してしまう。よくもまぁ二十歳の若者が食べそうな分厚くでかいトンカツを食べる気になるものだ。私なら二切れで充分だというのに。

「綾乃ちゃんに会っていたとはな」

「そっちかよ」

「知らないうちに焼けぼっくいに火が点いていたとはな」

「言うと思った」

「で、次のお前のセリフは『そんなんじゃない』だ」

二人で笑った。

「まぁそれはともかく、彼女は元気だったんだな」

「心配することは一切ないな。彼女は」

死ぬまで元気だろう。

「彼女のまま存在し続けるんじゃないか」

言うと柴山も深く頷く。

「それでこそ、片岡綾乃だな」

ああいう女性は、希有《けう》な存在なのだろう。長いこと生きてきても綾乃のような女性に出会ったことはない。そういう女性とひとときでも共に過ごすことができた私は幸運な男なのだろう。

「焼けぼっくいに火が点くかどうかはともかく、今後も連絡を取り合え。そして俺ともたまに会ってくれと言っておいてくれよ」

「わかった。これが片づいたら三人で飲もう」

何の因果か、あの頃から三十年も経って三人とも独身になってしまっている。若き日の思いを酒を酌《く》み交わしながら語り合うのも一興だろう。

「それはともかく、実希ちゃんの方か」

食べ終わったトンカツ定食の膳を下げに来た店員に、ビールを注文してからそう柴山が言った。

「飲むのか」

「飲まんと話せんだろうこんな話」

「食ったら会社に戻ると言わなかったか？」

「面倒臭くなった。会社にメールしとく。このまま直帰しても不満は出ない程度に働いているから大丈夫だ」

そもそも役員待遇一歩手前の男なのに柴山はいまだに現場にいる。忙しく動いていないと死んでしまうという古いタイプの男だ。現場で鬱陶《うっとう》しいオヤジと思われてなければいいが。

「とは言え、國枝」

「うん」

「お前の中で結論は出てるんだろうさ」

「そうか？」

そうさ、と、運ばれてきたビールを手酌でコップに注ぐ。私のコップにも入れて、二人で軽く乾杯の仕草をしてから飲む。

「お前は昔からそうだ。あれこれと人一倍考えるんだが、そのくせ考える前からもう結論は出ているんだ。その結論が正しいかどうかを検証するためにやたら悩むポーズをする」

「ポーズとは心外だな」

「じゃあ性癖だ」

「変態みたいに言うな」

煙草を取り出して火を点ける。

「まぁしかし」

言われてみればそうだ。私の中で結論は出ている。

「何があろうと、実希ちゃんの結論を尊重する、だろ？」

「そうだな」

そうなんだろう。実希から結婚の話を聞かされるその前から、いや、実希が自分の意志で動き始める年齢になった頃からそれは変わっていない。私は実希を、自分の娘を信じるのみ。

だから、と、柴山も煙草に火を点けた。煙が二人の間に流れ出す。

「その古市さんの告白が何であろうと、実希ちゃんの将来にかかわるものなら何もかも正直に実希ちゃんに伝えるのがいいんじゃないのか」

「伝えられない類いのものならどうする」

「論外だ。そんなものを抱え込んだまま結婚させるわけにはいかないだろう」

それは、確かにそうだ。

「真くんとやらには何の問題もないんだろう。だったら結婚を許す。ただし、こういう事情を聞かされた。だから、それも含めて二人でよく考えるんだなと言ってやるのが親の務めじゃないか」

ビールを一口飲む。

「その通りだ。正論だな」

そうだ、と頷いてから、柴山は少し息を吐く。

「だがしかし、正論を押し通すというのがいちばん難しいんだがな」

それもその通りだ。正論だけで生きていけるのならば、それで本当に皆が幸せになれるのならば、そんなに楽なことはない。あれこれと悩むこともない。二人で軽く顰めっ面で頷き合い、ビールを呷《あお》る。

「いずれにせよ、実希ちゃんの結婚式は近いわけだ」

「そういうことになるな」

「するとかするのか？」

「することになるらしい」

古市さんはどちらかといえば古風な考えの人だ。結納も略式になるとは思うがきちんとやらせていただきたいと、さっきも会話の中でそんなことを話していた。

「結納の仕方を覚えているか」

「忘れちまったな。もうはるかな昔だ」

やたらと面倒臭かったことだけは覚えている。そして、堅苦しかったことも。

「しかし今回は、逆だからな」

「そうだな」

私も柴山も新郎側としてそれは経験したが、今度は新婦の親として結納を受けて返す側だ。多少気が楽かもしれない。

「式には呼んでくれよ」

柴山が頬を緩める。

「もちろんだ。実希だって来てほしいと思うさ」

「綾乃ちゃんもか」

そうか。

「それは考えてなかったが」

今回の成り行きを考えると呼ばざるを得ないかもしれない。

「ますます焼けぼっくいの可能性が高くなるな」

「うるさいよ」

人生、どこでどうなるかわからないものというのはわかってはいたが、まさか娘の結婚に絡《から》んで彼女と再会するとは思ってもみなかった。

しかし、それもまた見方を変えれば、楽しいものだ。

玄関の鍵を開けて扉を開ける。暗闇の中に手を伸ばして電灯の紐《ひも》を引っ張る。見かけは白熱電球に似ているが、実際のところはＬＥＤの電球が灯される。

（うん？）

実希の靴が三和土にあった。もちろん靴は何足も持っているが、整理好きのあの子は三和土に二足も三足も置きっ放しにすることはしない。その日に履いた靴しかそこにはない。

ということは、もう仕事を終えて帰ってきているということだ。

しかし、家の中は真っ暗だった。今日も遅くなるから食事は外で済ますとメールはあった。そして、まだ九時を廻った頃だ。予定が変わって早く帰ってきたとしても、いくらなんでも寝るには早すぎる。

（具合でも悪いのか）

これが子供の頃なら慌てて部屋の中に飛び込んでいったろう。しかし、もう大人だ。靴もきちんと揃えてある。もし一刻も早くベッドに倒れ込みたいほどの急病ならば靴を揃えるのもままならないだろう。揃えてあるということは、病気にしても余裕があるということだ。

そっと実希の部屋へ廊下を歩いていく。

「実希？」

襖の向こうに声を掛ける。返事はないが、人の気配はある。

「入るぞ」

廊下の明かりが暗い部屋の中に差し込んでいく。続き間を使っているから寝床は奥の部屋だ。ベッドの上で布団が動くのが薄明かりの中でわかった。

「実希」

近づくと、布団をほとんど頭まで被っている。この子の癖だ。顔まで覆ってしまってよく苦しくないものだといつも思っていた。布団の中でまた動き、それから手が出て布団を顔からずらした。

「あ」

微かに声が出る。私がベッドの脇にある小さなテーブルの上のライトをつけると少し眩《まぶ》しそうに眼を細める。その顔は小さな頃から見慣れた、明らかに具合の悪そうな顔だった。

「風邪か?」

「ごめん、お帰りなさい」

「ただいま」

服を着たまま、いやスーツの上着は脱いでいたがブラウスのままだ。やはり熱があるのだろう。とろんとした眼で私を見る。

「会社で急に寒気がしてきて、熱が出てきちゃって」

額に手を当てた。これは、三十八度はあるのではないか。

「寒気はまだあるか?」

息を吐きながら首を横に動かし、もうないと言う。それならば熱は上がりきったということだ。

「汗は掻いたか?」

小さく頷く。だとしたら帰ってきたときには三十九度ぐらいはあったのではないか。この子は発熱には意外と強い。寝込むほどなら確実に九度何分かはあったはずだ。

「すぐに着替えなさい。病院に行こうか?」

ううん、と首を動かす。

「少し楽になったから、様子を見る」

声の調子には力が残っている。ひどい状態ではない。まぁ大丈夫だろうと私も判断した。

「何も食べてないのか？」

「うん」

「お粥《かゆ》を作ろう。食べて薬を飲みなさい。体温計はこの部屋にあるのか？」

机の脇の木製のケースの中だと言う。一番上の引き出しだと。そこを開ける。娘の部屋の引き出しを開けることなど滅多にない。そういえばここ十何年もなかったのじゃないか。見慣れぬ体温計を見つける。いつの間にこんなのを買ったのかと思いながら、ケースから出して、手渡す。

「着替えて、身体を拭いてから測れよ」

「うん」

「お粥ができたら持ってくるから寝てなさい」

ごめんね、と小さい声で言う。いいから、と、微笑んであげる。そういえばこんなことも久しぶりだ。以前に寝込んだのは何年前だったか。

実希の部屋を出て台所に向かい、上着を食卓の椅子の上に放る。昨夜の残りのご飯は冷凍してある。それを取り出して一度レンジで温める。小さな土鍋を取り出して五徳の上に置く。

こんなことを、今まで何度繰り返してきたか。

佳実が死んで、二人でこの家に引っ越してきて、そして両親も亡くなり二人きりになって。

ふいに、具合の悪い実希には申し訳ないが笑みが浮かんでしまう。

そういえばあんなこともあったな、と、過去の日々が思い出される。熱と怠《だる》さで火照《ほて》った、くたりとしたあの子を抱えて布団に寝かせたり、着替えさせたり、身体を拭いてあげたり。淋しいだろうと添い寝して、寝息が深くなるまでずっとあの子の寝顔を見つめていた。早く良くなれ、と、おでこに手を当てた。

ふと、自分の手のひらを見る。久しぶりにおでこに手を当てた。この手にあの子の肌の感触を常に残していたのは何歳頃までだったか。

ずっと、あの子のことだけを考えて、見てきて過ごしてきた。あの子が笑顔で毎日毎日元気でいることが私の幸福だった。

元気がないと、学校で何かあったのかと心配になった。訊いても、我慢強くて優しいあの子は私になかなか言おうとしなかった。大丈夫だよ、と、笑ってごまかしていた。心配になってこっそりと担任の先生に電話して訊いたこともあった。

小さい頃は、風邪を引いたときにはいつもヨーグルトを食べさせていた。アイスクリームよりそっちの方を食べたがったからだ。しかし一口にヨーグルトといっても種類はたくさんあって、私はいつも三種類も四種類も買い込んであの子に選ばせた。

いつだったか、大人になってからその話をしたときに、実はアイスクリームとか別のものを食べたいときもあったのだが、私がいつもヨーグルトを買ってくるので言い出せなかったと苦笑いされた。

気が利かない父親だった。

ことことと、土鍋が音を立てる。隣りの鍋で出汁《だし》のあんかけを作った。匂いが気にならないようならこれをお粥にかけると旨《うま》い。葱《ねぎ》を刻み、梅干しも用意する。生憎《あいにく》と果物がない。バナナがあるが、食べられるだろうか。グレープフルーツとかそういうものの方がいいか。持っていったときに訊いてコンビニにでも買いに行くか。

中学の頃に、やはり高熱を出したときがあった。小さい頃と同じような気になって汗を掻いたろうと服を脱がせようとして怒られた。一人でできるから大丈夫と実希はふくれていた。

あの当時は、やはり女親が必要かと真剣に考えたな。

「さて」

もういいだろう。お盆に全部載せて、部屋に向かう。薬と水も必要だったと気づいてそれも用意した。

「実希、入るぞ」

襖を開けると、ベッドの上でこちらを見ていた。

「楽になったか」

「少し」

ベッドの脇まで行ってお盆を床に置く。こちらを見ている実希の髪の毛がぺったりとしている。普段はコロンの香りしかしないが、こんなときには子供のままの匂いがほんの少し香ってくる。

「食べられそうか」

こくん、と頷いた。

「ごめんね」

「いいから」

笑ってやる。

「飲んできたの？」

「柴山と少しな」

柴山さん、元気？　と、いつもより力のない、けれども甘えたような声で訊いてくる。

「元気だ。結婚式には呼んでくれと言っていたぞ」

ちょっと眼を大きくさせてから、にこりと微笑んで頷いた。

「起きられるか？」

「うん」

ベッドの上に起き上がる。いつも部屋着にしているカーディガンが机の椅子の背にあったので、それを取って手渡す。実希がそれを肩に掛けるのを待って、お盆をベッドの上に置いた。

「お風呂、用意できなかった」

「自分でするからいい」

「飲んだんだから、長湯しないでね」

「わかってる」

箪笥の脇に置いてあったブラウスに、私の視線が行ったのがわかったのだろう。

「洗濯物、自分で持っていくからそこに置いといて」

「それぐらいはいいだろう。洗濯籠に入れておくよ」

親は娘の下着など見ても何とも思わないのだが、娘はそう思ってくれない。ちょっと何かを言いかけてから頷いた。

「美味しそう」

土鍋の蓋を取って言った。食欲があるなら、大丈夫だ。明日には熱も引いているだろう。お粥を食べるのをこのまま見ていてもいいのだが、それはさすがに嫌がられるか。

立ち上がろうとしたときに、壁のカレンダーが眼に付いた。さっき遠回しには結婚を許しているということを言ったが、もうはっきりさせた方がいい。

「実希」

「はい」

お粥を口に運ぼうとしていた手を止めて、私を見た。

「今度の日曜日は休日出勤の予定があるのか」

熱でとろんとしていた瞳と表情に、わずかに生気が戻った気がした。

「休むつもりでいた」

「真くんも、動けるだろう」

「たぶん」

口元に笑みが浮かんできた。正直な娘だ。見る見るうちに身体から漂うものが変わってきた。元気になってきた。

苦笑いして、少し息を吐いた。

「真くんに、家に遊びに来なさいと伝えなさい」

大きく、笑顔で、実希が頷く。

「そのままの意味だ。真くんから私に伝えたいことはあるのだろうが、隣りに住んでいたおじさんの家に遊びに来る気分でいいから、とな」

「はい!」

堅苦しい恰好もしないでいいぞというつもりだったのだが、まぁそうは言ってもスーツ姿でぴしっとして来るのだろう。話に聞いた真くんはそういう男だ。そしてそのイメージは小さい頃の彼の印象からまるで変わっていない。

明日、古市さんと会う。そこできっと何もかもわかる。その上で、真くんと話をしよう。どんなことになろうとも私の言いたい事は決まっているのだから。

若い二人の気持ちに水を差すつもりはない。どうぞいつでも好きなときに好きなように結婚しなさいと言うつもりだ。式を挙げる際にも、私の気持ちなどを考慮する必要はまったくない、とも伝える。二人きりでハワイで挙式をしようが、何百人も招待客を呼ぼうが自由にしろ、とも。資金が不足しているのならできるだけの援助はする。そのための貯金はずっとしてきた。

理解ある父親を演じるつもりではない。本当にそう思っている。

私が実希に与えてきた親の愛情というものは、むろんこれからも与え続けるが、もうほとんど実希には必要のないものだ。

実希はもう、大人だ。大人になった子供に親の、言ってみれば古い愛情などいらない。新しい愛をその身に携えれば、それでいいのだ。そう思っている。親の愛情など、新しい愛に傷ついたときにだけ、失ったときにだけ思い出して、傷を癒《いや》すために使えばいいだけの話だ。

＊

古市さんが選んでおいてくれた店は、電器屋の近くの小さなビルの上にある和食の店だった。それなりに高級感が漂い、個室も多くある。もちろん、煙草も吸える。

失礼だが、こんな佇まいの店を選ぶとは意外だった。

「以前に同僚のお祝いをしたときに来たんです」

店員が持ってきたおしぼりで手を拭きながら、古市さんが言う。

「そうでしたか」

「そのときから、もう一度来たいと思っていたのでいい機会でした」

美味しかったのですよと微笑む。確かに、メニューを見るだけで丁寧に仕事をしている店だというのが伝わってくる。きちんと手書きのものもある。お値段が高めとはいえそれなりにお値打ち感があるのもいい。

「良い店ですね。今度私も何かのときに使いますよ」

古市さんが微笑んで頷いた。中ぐらいのコースで、別々のものを頼んだ。男同士だ。いろんな種類の料理があるからお互いにそれぞれのものを抓みながら、軽く飲もうと、いい日本酒も頼んだ。

たまにはこういうささやかな贅沢をした方がいい。それは、あのバブルの時代を経験し多少なりともそれを享受《きょうじゅ》した人間なら誰もが思うことではないか。

贅沢が全てではない。贅沢をしなくても人間は幸せに生きていける。むしろ贅沢なことをまるで知らない方が一生心穏やかに過ごせるかもしれないとも思う。けれども、ただ金を使うというわけではなく、良いものを良いままに自分の身の内にするというのは、やはり心を豊かにするのだ。その心持ちをまた味わうために明日も頑張ろうという気持ちも湧いてくる。

私の親の世代も含め、古市さんも、私もまたそうやって若い時代を過ごしてきたのだ。料理が運ばれて、酒と交互に口に運び、旨いですねと顔を綻ばせるまでそういうような話をした。お互いにここまでなんとか家族を喰わせて、生きてこられましたねと、子を持つ男親同士の感情を確かめ合った。

料理も旨かった。味付けに多少淡さを感じたものの、これはひょっとしたら客の年代に合わせて味付けを変えているのではないかと感じた。普通ならば濃い味付けになるはずのものも薄味になっていたのだ。画一的にどれも同じにするのではなく、きちんと客のことを考える店なのかもしれない。

二人で、旨い旨いと繰り返して平らげ、酒を少し飲み、煙草に火を点けた。しっかりと個室になっているので、周囲に気を遣うこともない。これは本当に助かる。

「話とは、妻のことです」

古市さんが、そう切り出した。

「明るい女です。出会った頃から、ずっとそうでした」

学生時代に知り合ったという。実は高校のテニス部の後輩だったのだと。

「テニス、ですか」

そういえばと思い出した。あの頃、古市さん夫妻は休日に近くの公園でテニスをやっていたなと。思い出すものだ。

「付き合い出したのは私が高校を卒業してからで、それから何年も付き合いそのまま結婚しました。お恥ずかしい話ですが、私は妻としか、女性とお付き合いした経験がありません」

「いえ」

それは何ら恥ずかしい話ではない。むしろ、古市さんの人柄も含めて好感を持てる話だ。この人は、確かに地味な男性ではあるがどこまでも真面目で優しい人なのだ。それは隣人である頃からわかっていた。

古市さんが、ほんの少し唇を噛み、言い淀む。どう言えばいいのかまだ迷っているのかもしれない。煙草を吹かしながら少し下を向いた。

「本当に、明るくて元気ないい妻なのです。根が暗くて小心者の私は随分彼女に助けられました。彼女が私の隣りにいなければ、こうして家庭を持ち続けることも仕事をこなし続けることもできなかったかもしれません」

真剣な顔で古市さんは言う。そうだ、私もそう思った。隣りにいた頃、この夫婦はバランスがいいなぁと感じていたのだ。

しかし、と、古市さんは続ける。

「明るい性格ではあるのですが、多少人の心を、気持ちを慮るということに欠ける部分があるのかもしれません」

ふいに顔を上げて私の顔を真っ直ぐに見る。

「何度も、苦情を言われたことがあるのです」

「苦情？」

はい、と、頷いた。

「あなたの奥さんは、どうも一言余計だとか、人にストレスを与えるとか、人によっては淫乱《いんらん》なのではないかと言われたこともあります」

「それは」

ある程度予想していた通りだ。綾乃に言われた通りのこと。それでも、あなたの妻は淫乱だなどと直截《ちょくせつ》的に言う住人がいるとは。思わず顔を顰めてしまった。

「事実、というか、何かがあったわけではないのでしょう」

「もちろんです」

大きく頷きながら古市さんは言う。

「そういうことがあったというわけではなく、そんな風に思われてしまうということです。うまく説明できないのですが」

「いえ」

わかります、と、頷いた。

「わかるのですか?」

古市さんが少し驚く。答えを用意していたわけではない。それでも、口から素直に言葉が出てきた。

「それはあのマンションにいたときからですか?」

「いやいや、違います。私は奥さんにそんなことを感じたことなどありません。私は、ご存知の通り、百貨店勤務の人間です。長い間婦人服を担当しそれから人事もやってきました。古市さん」

「はい」

「百貨店というのは、〈女の園〉なのですよ」

古市さんが、あ、と小さく口を開けた。そうなのだ。私の周囲の社員は、パートの人間も含めて八割が女性だと言っても過言ではない。綾乃の説明で素直に理解できたのもそれ故かもしれない。

「若い子からお年寄りまで、色んな女性と毎日毎日何十年も一緒に仕事をしてきたのです。ましてやお客様はほとんどが女性です。嫌でも女性の性格というか、タイプというものを把握してしまいます。そういう意味で」

景子さんがどういう女性なのかということを、理解できるという意味だ。

「おそらく奥さんは、素直な女性なのですよ。素直さというのは美徳というふうに捉えられていますが、場面場面においてある意味では凶器にもなりかねないものです。私の部下にもそういう子はいます」

そのせいで周囲の女性と軋轢《あつれき》が生じることもある。

「そうなのです」

古市さんが、肩を落とす。

「景子は、協調性がないなどと陰口を叩かれることもあるようです」

「それは、迎合《げいごう》しないということなのでしょう？」

「そうかもしれません」

集合住宅暮らしにはありがちなことだ。少しおかしな慣習に対して正当な見解を口に出せば、なにあの人？　と言われてしまう。ましてや古市さん一家はあそこの古株なのだ。古いだけに立場的に強いと思われてしまう。強いと思われればそれは何様だと思ってるの？　という感情に結びついてしまう。

「けれども、景子さんはさらにそういうことにも無頓着《むとんちやく》な女性なのではないですか」

良く言えば大らかなのだ。細かいことは気にしない。我が道を行く。見方を変えれば、我儘で無神経ということにもなるのだが。人の性格などは、見る方向によって違ってくる。現に、綾乃は私から相談を受けてそういう見方をしなければ、良い友達になれたはずと言っていた。

だから、決して悪い人ではないのだ。私の印象だってそうだったではないか。明るく取っつきやすい女性だったと思っていたし、つい昨日再会したときにもその印象は変わらなかった。先入観があったのでいろいろ考えてしまったが、まったく悪い印象はなかったのだ。

「ありがとうございます」

古市さんが、頭を下げる。

「そんな風に言っていただけるとは思ってもみませんでした」

その言葉の裏側に、古市さんの苦悩が見えた。おそらく、今までかなりのことを周囲から言われていたのではないか。奥さんがそういうタイプの女性ならばその皺寄せが夫に向からのは当然のことだ。ましてや、古市さんは優しい、悪く言えば何も言い返せない弱いタイプの男性なのだ。何を言われてもただ恐縮して申し訳ないという言葉を繰り返していたのではないか。

しかし、だからこそ、あのマンションで大きな問題もなく過ごしてこられたのかもしれない。ある意味では本当に強いのは、古市さんなのだ。

日本酒をお猪口で一口飲む。

「しかし、お話ししづらい、出来事があったのです」

「何でしょう」

こくりと頷く。ひょっとして、と考えた。古市さんは大きく息を吐く。

「國枝さんの後にあの部屋に入った方の、ご夫妻の、奥さんが自殺したのです」

「自殺」

やはりか。あの記事なのか。思わず眉間に皺を寄せてしまった。私を見て古市さんは一度唇を引き締めた。

「飛び降り自殺でした」

何と言っていいかわからず、ただ私は頷いてみせた。

「お察しの通り、マンションの中では、景子とソリが合わずにその奥さんは鬱《うつ》になって自殺したのではないかという噂が流れました。景子が、苛《いじ》め殺したのではないかと。変な文書が出回ったこともあったのです。幸いにもそれほど大きな騒ぎにはならずに済みましたが、國枝さん」

勢い込んで言おうとする古市さんに掌《てのひら》を向けた。

「いや、おっしゃらずともわかります。景子さんは、そんなことはしていないのですね？

それは古市さんが確認したのですね？」

「はい、そうなんです」

その旦那さんに原因があったのだと、後に亡くなられた方のご両親に確認できたそうだ。鬱になったのは夫婦間の問題であり、決して隣人であった景子さんのせいではない。むしろ優しくしてもらっていたと、その亡くなった奥さんの口から聞かされたことがある、とご両親は言っていたそうだ。むしろ、感謝してもらったと。

「そうでしたか」

私は大きく息をついて、煙草に火を点けた。

「心中、お察しします。辛かったでしょう」

そうとしか言えない。古市さんは苦笑いして、少し首を横に振った。

「必死でした。そんな噂がそれ以上広がらないように。ただ真のことだけを考えていました」

「わかります」

大人はいい。いや良くはないが、耐えられる。いざとなれば引っ越しをすればいい。しかし子供はそうはいかない。そんなことを知ってしまったら真くんの心にどんな傷を残すか。

「真くんは、そのことを」

「たぶんですが、知っていたと思います。改めて話したことはありませんが、ああいう子なので」

真面目で大人しくて良い子。もし、その頃にそんな噂が耳に入っていたとしたなら、彼は何を考えたのだろう。機会があれば訊いてみたい気もするが。

しかし、だとすると我が家にあったあの新聞記事は何なのか。

佳実ではない。そのときにもう彼女はいない。ならば、やはり私の父か母のどちらかなのか。どちらかが気づいて記事を切り取り、何かを思ってあそこに入れておいたのか。

不意に、その考えが浮かぶ。

「古市さん」

「はい」

「答えづらい質問かもしれませんが、興味本位ではなく確認したいのですが」

「何ですか」

「その噂を、景子さんのせいで自殺したと噂を流したその張本人を知っていますか？」

古市さんの眼が少し大きくなった。

「いや、それがどうこうではないのです。実は」

ここに至っては隠す必要もない。あの記事を発見した経緯を話した。古市さんはさらに眼を大きくさせて驚いていた。

「しかしどう考えても、私の親があの記事を切り抜いておくというのもしっくりこないんです。ですから、もし」

古市さんが答え難いだろうと思い、私からその名前を出した。あの引っ越しの日に、佳実は景子さんと折り合いが悪くてずっと悩んでいたと私に告げた、同じマンションに住んでいた女性の名を。

「あの人ではないですか？」

古市さんは困ったような顔をして、しかし、ゆっくりと頷いた。

「そうでしたか」

それで、納得できた。

いや、何かが確かめられたわけではないが、もしそうならそれがいちばんしっくり来るのだ。彼女はきっと景子さんに相当の敵意を、悪意のようなものを抱いていたのだろう。だからあの日に私にあんなことを言った。考えてみれば引っ越しの日にそんなことを告げるのもおかしな話ではないか。彼女は、何らかの偏《かたよ》った思いに凝り固まっていたのかもしれない。

そして、自殺者が出たときにあの記事を切り抜き、私の家に郵送したのではないか。住所は知っていたはずだ。何かあったときのためにと、佳実と親しくしていた人たちには教えたのだから。

「それを、私の両親のどちらかが私には見せずに取っておいたのでしょう」

そうとしか思えない。

何故両親は私にそれを見せなかったのか。あるいは手紙か何かが入っていたのか。宛名は私宛になっていたはずなのに何故開けたのか。何かを感じたのかもしれない。娘と二人で必死に生きようとしている私には不必要なものだと、親として判断したのかもしれない。それでも何かあったときのためにと、あそこに入れておいてそのまま忘れてしまったのか。

今となってはもう確かめようもない。だから、そう結論付けるのがいいような気がする。そう言うと、古市さんも少し頬を緩ませ、頷いた。

「國枝さん」

「はい」

「あのマンションで長年暮らして、お話ししたように、何度も隣人たちから私は苦情を言われました。勘弁してほしい、と」

そうなのだろう。

「けれども、國枝さん」

私の眼を真っ直ぐに見た。そして、僅《わず》かに微笑んだ。

「國枝さんだけは、何も言ってこなかったです」

思わず、あ、と口が開いてしまった。

「団地のようなあのマンションでの、奥さん方のネットワークというのは強力です。どんなささいなことでも形を変え巡り巡って色んな奥さんの知るところになります。私のところに妻のそういう性格に対しての苦情や悪口や罵倒が、旦那さんを通して届いてきました。誰がどういう風に思っているのかもなんとなくわかってきます。その中で」

その中で、と、繰り返した。

「國枝さんが隣人のときだけは、隣人もこう言っているぞとの苦情は、噂は、一切届かなかったのです。それどころか『國枝さんは、佳実さんは優しいからあんたの奥さんをかばって何も言わないけどね』と言ってくる人もいたほどです。奥さんは、佳実さんは、私の妻の性格をしっかりと受け止め、〈良き隣人〉として接してくれていたのです」

ふいに、それが浮かんできた。

あのマンションで、実希が寝静まって夫婦二人だけの時間、佳実がなんとなしに私に日常のあれこれを話す時間。

「妻は、景子は、今も言います。娘さんと真が付き合っているとわかってからは特に。

『國枝さんと、佳実さんと一緒に過ごしたあの頃が、いちばん楽しかったわね』と。懐かしそうに、嬉しそうに、そして残念そうに。佳実さんが亡くなられたとき、あれは、妻は、家で号泣していました。私が大丈夫かと心配になる程に泣き続けていました。あんなに泣いた妻を見たのは、あれが最初で今のところ最後です」

思い出す。

そうだ、忘れていた。

景子さんは佳実の葬儀の間中、真っ赤に眼を腫《は》らしていた。ずっと泣き続けていた。それなのに残された実希のことを気遣って面倒を見てくれていたではないか。

それに、私が佳実の話を聞かなかったわけではない。そうではない。佳実は確かに言っていた。

思い出した。

〈景子さん、すごく誤解されやすい人だから〉

そうだ、そう言っていたのだ。あれは困っていたのではない。周囲からそういう風に思われているという説明を私にしていたのだ。だから、そんな話を誰かから聞かされてもおかしな誤解はしないでね、と。

佳実の声が、聞こえてきたような気がした。

大丈夫よ、と。

十　娘の結婚

仏壇《ぶつだん》はあるが、熱心な仏教徒ではない。妻や父母の命日でも、お坊さんを呼ぶこともない。ただ、ロウソクに火を灯し、線香を立て、そして手を合わせるだけだ。実希が気を利かせて佳実が好きだったモンブランを買ってくることもあったし、余裕のあるときには父、実希にとっては祖父が好きだったぼたもちを作ることもあった。それを供えて、祈るだけだった。

今朝は、実希が真くんをむかえに行くために家を出た後に、ロウソクを立てた。線香の匂いはそれほど好きではないのでやめておいた。

佳実の写真に向かい手を合わせる。殊勝《しゅしょう》な気持ちになったわけではないのだが、何となくしてしまった。

「今日、真くんが来るぞ」

佳実がいたら、何と言うだろうか。きっと大喜びしたのに違いない。真くんは良い子よ、とあの当時いつも言っていたのだから。あんな素直で優しい男の子が欲しいとも言っていたような気がする。

義理とはいえ、息子になるのだ。実希以上に張り切って式の準備をしたかもしれない。そうだ、佳実はあの当時販促室にもいたことがある。イベントはお手の物だった。

おりんを鳴らす。

いささか気が早いような気もするが、これで父親の責任は果たしたような気持ちが湧いてくる。

「確かに、まだ早いな」

佳実が苦笑いしているかもしれない。これから結納がある。式もある。実希の引っ越しもある。それが全部終わって、この家に一人だと思ったそのときに、思う存分その気持ちに浸《ひた》ることにしよう。

線香に点いた火は素早く引いて消す。ロウソクの火は手で扇《あお》いで消す。口で吹いて消してはいけない、と、小さいころに父母に教えられた。実希にもそう教えたが将来実希も子供たちにそんな作法を教えることがあるだろうか。

もし私が死んだら、この仏壇を捨ててもいいぞと実希には言ってある。男の子がいないのだから、國枝の名も私の代で終わりなわけだ。少々残念な気もするがそれはわかっていたこと。仏壇など守らなくてもいいし、向こうの家に嫁に行くのだから担《かつ》いでいくわけにもいかないだろう。没交渉になっている菩提寺《ぼだいじ》に連絡を取り位牌《いはい》を納めればいい。私や佳

に言ってある。実のことを毎日思い出したいのなら、写真を一枚部屋に飾っておけばいい。そういうふう

「そうか」

墓があったんだな。國枝の墓だ。そこまで考えてはいなかった。祖父が建てた墓はもし私がそこに入った後はどうなるのか。実希が墓参りぐらいはしてくれるだろうが、その子供は、つまり、孫はどうか。母方の祖父の墓の世話などしてはくれないだろう。誰も参るものがいなくなった墓は、朽《く》ちていくままか。

「馬鹿なことを」

詮ないことを考えてしまった。私も、それこそナーバスになっているということか。娘が、結婚相手を連れてくるという日に。

「こんなにも、落ち着かないとはな」

自分でも驚きだ。仕事で修羅場はいくつもくぐってきた。強面《こわもて》のせいで落ち着いていると取られ、自分でもそう思っていた。どんなことがあっても冷静に対処できると。それが、娘の相手が来るとなっただけでこの様《ざま》とは情けない。

「晩飯を一緒にとしたのは、失敗だったか」

まだ昼前だ。せっかくの休みなのだから、昼間から来させるのは気の毒だと思ったのだ。二人でデートでもしたいだろうと。それに、話が終わった後に軽く一杯でもやれれば

いいと思って夜にしたのだが。

時間が進むのが遅い。さっきから何度も壁の柱時計を見ている。この分では昼飯を食うのも落ち着かないかもしれない。

「まいったな」

＊

「それで私を？」

口元に手を当てて、綾乃は笑って、少し睨《にら》むように私を見た。

「面目ない」

先日、古市さんと食事をした池袋の店に綾乃を誘った。ランチタイムでもメニューに手を抜いたところはまったく見られなかった。そして驚いたことに、たぶん同年代であろうフロアマネージャーらしき男性は私のことを覚えていた。

訊けば、実は益美屋で私のことを何度も見かけていたと言う。それはまったく気づかず、申し訳ありませんと頭を下げた。百貨店の人間として客の顔を覚えておらず、逆に覚えられているとは失態だ。

そんなことを話すと、綾乃も頷いた。

「私も何度かここに来ているけど、あの人は界隈《かいわい》では有名な方らしいわね。一度来ただけの客も全部覚えているって」

「そうなのか」

それは確かに有能なマネージャーだ。味ももちろん大切だが、直接客に接する人間がそういう人物ならばこの店が流行っているのもよくわかる。

綾乃はレディースランチというものを頼んだ。洋風で多種多彩な総菜がついている。私は、小さめのカツとじとうどんのセットだ。ボリューム的にはちょうど良い。

「どうするの？」

綾乃が食べながら訊く。

「どうする、とは？」

「実希ちゃんの結婚。真くんが『実希ちゃんをお嫁さんにください！』って言ったら、ぶん殴るの？」

笑う。

「殴りはしないな。実希を泣かせたら殴りに行くかもしれないが」

「許すのね」

「そのつもりだ」

真くんの母親である景子さんの件がどうなったかを、まだ詳しくは話していなかった。

古市さんとここで酒を飲みながら話したことを教える。綾乃は、まともな神経の持ち主だ。私が教えたことを誰かに吹聴《ふいちょう》するような女ではない。何もかも、隠さず話すと、こくり、と頷いた。

「あなた、良い結婚をしたわよね」

「結婚？」

そう、と、微笑む。

「景子さんがそういう人だとしっかりわかって、安心して実希ちゃんをお嫁に出せるのもあなたの妻である佳実さんがいたからこそよ。佳実さんが家を守って、隣人である景子さんと良き関係を築いていたからこそ、巡り巡ってこういう結果になったのよ」

佳実さんは、と、続けた。

「亡くなっても、あなたと実希ちゃんの幸せのために働いてくれたのよ」

そう言って、一度箸を置き、そっと両手を合わせた。佳実のために。

「そうだな」

そういうことか。そういうことだな。どうしてこうも朴念仁《ぼくねんじん》なのか。また綾乃に教えられてしまった。

「良かったわ。これで私も心安らかにお式に出られる」

「あぁ」

そうだ、それを訊こうと思っていたのだ。

「出てくれるのか」

「もちろん」

「それは、どちらの招待にした方がいい。習い事の生徒である景子さんか、それとも私の方か」

そうねぇ、と、少し首を傾げた。

「どうせなら、あなたの方にしてもらおうかしら。柴山くんも来るのでしょう？　気楽でいいわ」

「わかった」

「あなたの泣くところを、柴山くんと二人でしっかり見るから」

「何故泣くんだ」

また笑う。

「花嫁からの手紙とか、そういうところよ。やるんでしょう？」

「知らないよ。まだ日取りも決まっていないのに」

そして、泣いてたまるか。柴山と綾乃の前でそんな醜態を晒《さら》した日には、一生言い続けられるに決まっている。

昼食を終え、少し買い物に付き合いなさい、という言葉に従い益美屋に向かい、店内を二人で見て歩いた。そんなことをするのも、大学のとき以来だった。もちろん知った顔が何人も私を見て軽く頭を下げたり合図をしたりする。綾乃自身はここのお得意様なのだから、何らかの理由で面識のある私が案内をしている、という図に取られただろう。それはそれで気楽で良い。後から何か言われずに済む。

丁度良いから、結婚式に持っていく小さなバッグを買うと言うので、私のカードを使い社員割引を適用させた。まぁそれぐらいは面倒掛けたお礼にプレゼントしても良かったのだが、そういうのを綾乃は嫌がる。

プレゼントしてもらうのなら、思いがけないときに思いがけないものを。

あの頃にもよくそう言われた。きっと変わっていないだろう。式も何もかも終わって落ち着いたときに、またお礼を考えればいい。

四時を回った頃に家に帰ると、実希の靴が三和土にあった。バタバタと音がして、玄関先に現れて「お帰りなさい」と言う。

「帰ってきてたのか？」

「うん」

「真くんは？」

後から来ると言う。

「何でまた」

一緒に来ればいいものを、と言うと、先にいろいろ準備したかったからだと言う。何を準備するものがあるのか。昨日も実希は家中の掃除をしていた。もうするところがない。晩飯は近くの寿司屋から取ることになっている。冷蔵庫の氷まで実希は昨日全部取り換えていた。

「いいの」

ちょっと膨《ふく》れっ面をして、戻っていった。何を子供っぽく、と思い首を傾げた。まぁ身ぎれいにして真くんがやってくるのを待ちたいということか。

居間の卓袱台《ちゃぶだい》の前に腰掛けると、お茶を飲むかと訊いてくるので頼んだ。

「どこ行ってたの?」

台所から声が響く。そこに届くような声で、綾乃の名を言うのが躊躇われたので適当に誤魔化して、お茶を持ってきたときに言った。

「片岡さんとお昼ご飯を食べてきたんだ」

そう言うと、ほんの少し眼を丸くさせて微笑む。

「デートか」

そう言うと思ったので、苦笑しておいた。

「少しばかり用を頼んだから、お礼に食事を奢《おご》っただけだ。ついでに、式にも来てくれるように頼んでおいた」

うんうん、と実希は頷く。私と綾乃の関係を知って以来何かを期待しているようだがそんなことにはならないと思う。かといって否定するのも大人気ないので、そのままにしておく。

「何時頃に来るんだ」

「お寿司は六時前でしょ」

「そうだ」

「五時半過ぎには来ると思う」

「そうか」

掛時計は四時半になろうとしている。あと一時間程か。そのときに、あぁ、そうだった、と思い出した。

腹が据わる、というやつを。

もう落ち着かない気分は消えていた。仕事で言うのならば、人事を尽くして天命を待つ、というやつだ。やることはやったのだからじたばたしてもしょうがない。私は、花嫁になる娘の、父親なのだ。

娘を奪いに来る男を、ただ静かに迎えればいい。

見知らぬ男ならばもう少しじたばたもしたかもしれないが、真くんなのだ。少なくとも二十年も前から知っている、知っていて好感を持っていた男の子なのだ。

実希の顔を見る。今気づいたが、朝出掛けたときとは違う服を着ている。もちろん部屋着ではない。見たこともない服を着ているが、どう考えても外出用だろう。心なしか、緊張しているようにも思える。

心の中で、苦笑した。何か優しい言葉を掛けてやろうかと思ったが、まぁいいだろう。こんなのは普通は一生に一度なのだ。せいぜい、緊張するがいい。

いつかそういうのが、笑い話として思い出せるだろう。

*

チャイムが鳴ると同時に、実希が自分の部屋から玄関に走るのがわかった。ずっとここでどっしり待ってやろうかと思ったが、それもまぁ大人気ない。ゆっくり立ち上がったところで実希が私を呼んだ。

「おう」

玄関に出る。

真くんが、紺色のスーツ姿で、そこに立っていた。まるで緊張感という名の鎧《よろい》を着ているかのような佇まいに、そしてあの頃とほとんど変わっていない顔立ちに、思わず吹き出してしまった。

「いや、済まん」

真くんが面食らっている。

「久しぶりだね」

「はい！　ご無沙汰しておりました」

律義《りちぎ》に、九十度のお辞儀をする。あんまりにも可哀相なので、そのまま笑い続けて、言った。

「いいってかしこまらなくて。隣りに住んでいたおじさんの家に遊びに来たんだ。そんなに緊張するな」

楽しいものだ。隣りに住んでいた男の子が立派な大人になって目の前に現れるというのは、楽しく嬉しいものだ。

居間に皆で入っていきながら、大きくなったなと話す。古市さんに会ったことは内緒にしているので、お父さんお母さんは元気かい、と、座りながら話す。

「まぁ、楽にして」

普段、実希と食事をする卓袱台に向かって座る。客間に使える和室にしようかとも思ったのだが、実希がここでいいというのでそうした。

実希がコーヒーを淹れに台所に立っている間に、向かい合って話す。仕事の話だ。私もよく知る真くんの印刷会社の話題を持ちかける。社会人になるといちばん気楽に会話できるのが、それぞれの仕事の話だ。真くんも慣れた風に、頷きながら話す。

それでも、やはり肩に力は入っている。人事の人間として数多くの若者に接してきたが、まさしく面接にやってきた若者のようだ。そして、文字通り真くんは若いな、という印象を持った。

童顔というわけではないのだが、印象が若く見える。二十七歳だが、それこそ新卒の新入社員でも通用するかもしれない。だがやはり社会に揉まれて五年という月日が、顔に凛々《りり》しさを与えている。

実希がコーヒーを淹れて戻ってきてそれぞれの前に置き、真くんの隣りにすっ、と座ったところで話題を切り替えた。

「寿司を取っているんだが」

「はい」

「せっかく高いのを奮発したんだ。旨いものは落ち着いて食べたいからさ。済ませることがあるんなら、さっさと済ませようか」

こちらから水を向ける。これはまぁ、本音だ。飯を食ってる最中に言われても困るし、後からだと余計に咽を通らない。

「はい」

もともと伸ばしていた背筋を真くんはさらに伸ばす。実希もその隣りで、私に相対している。

親の欲目、ではないか。いやそういう表現でいいのか。

二人は、似合っていた。

この二人が一緒にいるところは、まだ幼稚園と小学生のころに何度も、何十回も見ているのだ。その記憶がそう感じさせるのだろうか。二人の間には、今、肩と肩が触れ合うか合わないかという距離で並んでいるが、そこにまったく違和感がない。

馴染んでいる。似合っている。恋人同士のそれももちろんあるのだろうが、それ以上の何かがあるように思った。

それは、人事という仕事をしている人間特有の眼力だったかもしれない。この二人ならきっといい仕事ができる、というようなペアリングの感覚だったかもしれない。

この二人は、上手く行く。

きっと幸せになれる。

そう、確信していた。

二人は顔を見合わせ、真くんが座っていた座布団を外して私に向き直った。そこまで畏《かしこ》まらなくても、と思ったが黙っていた。

「本日は、お時間を取っていただきありがとうございます。子供の時分にお世話になった身でありながら、事前に挨拶もなく大変失礼しましたが、実は、お嬢さんの実希さんと、真剣にお付き合いをさせていただいています」

何度も何度も推敲《すいこう》を重ねたのだろう。緊張した声でそう言う。私は、ただ頷いた。

「実希さんと、結婚させていただきたいのです。國枝さんに、お許しを願いに参りました」

頭を下げる。実希も、そうする。何秒か間があって、二人で頭を上げて私を見る。

私は、苦笑いしながら、頷く。

そうして、あぐらをかいていた身体をゆっくり動かし、正座した。真くんの顔を見る。

「真くん」

「はい」

「男手一つで育ててきて、色々と至らないところがある娘です。それでも、真面目にきちんと暮らすことを教えてきたつもりです」

本当は、もう少し長い話をするつもりだった。

実は意外とずぼらなところもある。魚は大好きなのに貝類が苦手。気が強いので口喧嘩はしない方がいい。朝寝坊なので気をつけた方がいい。

そんなことを軽く話してやるつもりだった。

けれども、ふいに胸の奥から何かが込み上げてきて、眼の奥が熱くなって、つい苦虫を噛み潰すような顔をしてしまっただろう。

少し、上を向いた。ゆっくりと、息を吐いた。堪《こら》えた。

「娘を、実希を、どうぞよろしくお願いします」

手をついて、頭を下げた。

自分より二十幾つも歳下の若者に、心の底から、その気持ちを込めて。

どうか、どうか、と、願いを込めながら。

「幸せに、してやってください」

頭を下げたその向こうで、真くんが勢いよく頭を下げたのが、わかった。

「必ず、必ず幸せにします！」

その言葉は、考えてきたものではないとわかった。今ここで、素直に口をついて出た本心だとわかった。

ゆっくりと顔を上げると、実希が唇を真一文字にさせて、涙を零《こぼ》さないように耐えているのがわかった。

その顔は、小さい頃のままだった。

怒られたり、悲しかったり、口惜しかったり。

その度に見せた表情だ。何度も見てきた顔だ。

だが、嬉しいときにもそうなるのだな、と、初めて知った。

ふぅ、と息を吐く。正座を崩して、またあぐらをかいた。それを合図にしたように真くんは顔を上げる。その眼も少し潤《うる》んでいたように思う。

「國枝さん」

「うん」

「改めて、お話があります」

「何だろう」

真くんが少し言い淀んで、だがしっかりとした口調で話し始めた。

「うちの、母のことです」

これは、予想していなかった。そこから真くんが話した内容は全部把握していたことだ。だが、それは、息子である真くんの眼から見た話だ。だからさも初めて聞いたという演技をしないで済んだ。

それは真くんの、古市真という男性の資質を顕著《けんちょ》に表す内容だったからだ。彼は、小学生の頃から自分の周りに漂う〈自分の家庭の評判〉というのを確実に把握していた。それを、嘆くわけでもなく、かといって反発することもなく、受け入れてそして弱い立場に立っていた自分の父親を守ろうとしてきたのだ。

成程、と感心していた。自分の義理の息子になる男はこういう男性なのかと。

ただ一点。

真くんもまた、自分の母親がどういう女性であるのかをきちんと理解できていない。その点を除いては、立派な考え方を持っていると感心した。

大丈夫だ。真くんは大丈夫だという思いを強くした。

「恥ずかしい話ではあるのですが」

自分の両親と同居する意志はない。むしろ、離れて暮らそうと思う。それが実希のためでもあると。それを、事前に私に話して、生まれ育ったところを近い将来に離れるかもしれないと告げたのだ。

気を遣ってくれたのだろう。

「実希は」

「はい」

「それを了承したんだな？」

こくんと頷いた。

「そのときが来たのなら、真くんについていこうと思います」

迷いはなかった。眼を見ればわかる。

「そうか」

頷いた。話してしまって真くんは少しほっとしたのだろう。肩が少し下がった。

彼の考えは、もっともなことだ。実希を大切に思う気持ちもよくわかった。しっかりと伝わってきた。実希のためなら実の母親をも捨てるというその覚悟は、大したものだと思う。

実希の父親として、ありがたく思う。そんなにも娘を愛してくれてありがとうと言いたい。

だが。言わなければならないだろう。そんなことをする必要はない、と。

しかし私が見聞きしてきたことを全部話すわけにはいかない。いや話してももちろん問題はないのだが、さすがに古市さんに一言もなしにここで全部明らかにはできないだろう。

どうするか、と考えた。腕を組んで、少しばかり下を向いて考える仕草を見せた。二人は、黙って私を見ている。

「真くん」

「はい」

腕をとき、顔を見る。失礼して煙草を一本取り、火を点けた。

「話は、わかった」

だが。

「そこから、逃げるな」

「え？」

「これから続く、君たちの人生は、何年ある？」

　何事もなければ、五十年、六十年と続く。

「その間、お母さんも何事もなければ三十年四十年と生き続ける。君たちが二人で歩み続ける日々のほとんどを、お母さんもお父さんも一緒に生き続けるんだ。たとえ遠く離れて住んだとしても、君たちが親子として生き続けることに変わりはない。家族というのは、そういうものだ」

　血の繋がりとは、そういうものなんだ。

「意見や性格が合わなくても、顔も見たくないと思っても、血の繋がりを断ち切ることはできない。それを見ない振りして、忘れた振りをして、一生逃げ続けるつもりなのか？」

　真くんが、ほんの少し顔を顰めた。実希が、私の顔をじっと見ている。

「結婚とは、相手の何もかもをお互いに背負い続けることを約束するということだ」

　少なくとも私はそう思う。そう思ってきた。

「私の考えを押し付けるつもりはない。だが、結婚とはそういうものだ。真くんのお母さんが、どんな人であろうと、たとえ周囲の人に嫌な思いをさせる人であろうと、君を、一人息子である真くんを大事に思う母親であることには間違いない。そうだろう？　景子さんは君にとって悪い母親だったのか？」

「いいえ」

真くんは、首を横に振った。

「欠点はあるにしろ、少なくとも僕にとってはよき母親でした」

「それならば、実希」

「はい」

「お前は景子さんを、愛した人の母親として敬《うやま》い続けなければならない。真くんは、立派に育ててくれたことを感謝し続けなければならない」

だから、そこから、その場所から。

「逃げてはいけない」

それは、人としてやってはいけないことだ。

「むろん、母親であろうと間違いがあればそれは正さなければならない。悪いところは悪いと言う。それは苦労するだろう。いい大人の性格がそうそう簡単に変わるはずもない。もし、今まで古市さんが、真くんのお父さんが苦労し続けてきたというのならば、その苦労を今度は実希と真くんが背負い、良い方向へ持っていく努力をしなければならない。それを放棄《ほうき》して」

二人だけで幸せになろうと言うのならば。

「私とも、縁を切れ」

この世に二人だけと思え。

「二度とこの家の敷居を跨《また》ぐな」

結婚に反対はしない。

それは、二人で決めたことだ。愛し合う二人の邪魔などしない。さっさと二人で暮らし始めるといい。

「だが、私は祝福こそすれ、二度と親の顔はしない。そう思え」

真くんはじっと私の顔を見て、話を聞いていた。そうして、少し唇を噛み、下を向いた。何かを考えている。今、私が言った厳しい言葉を反すうしているのか、どうすべきかを考えているのか。

実希は、そんな真くんを見て、それから私を見た。その瞳に、迷いがあった。

それぐらい、わかる。

娘なのだ。生まれてから今まで二十五年間、ただただ見つめ続けてきた娘なのだ。この子を失ったら自分も生きていけないと思って、育ててきた娘なのだ。

真くんの意思を尊重したい。けれども、私の言うこともわかる。私に二度と家には入れないと言われて、何を言うべきかを考えている。迷っている。

真くんは、考えているだろう。実希の幸せを願って自分の母親から離れようとした。しかし、それをするならば、実希を父親からも遠ざけることになる。自慢ではないが、実希は私とそんなことにはなりたくないと思っているだろう。そしてその気持ちは、きっと真くんならわかっているはずだ。

だから、どう答えるべきなのか迷っている。真剣に考えている。じっと考えている。安易に言葉を発しようとしていない。

それで、充分だ。

私の二十七歳のときより、はるかに大人で、いい男だ。

プレゼントは、思いがけない方が嬉しい、か。

いいだろう。

「まぁ」

声の調子を変えた。笑ってやった。私の顔を見た二人は少し戸惑うような表情を見せる。

「そんなことにはならないだろう」

「え?」

実希が言う。真くんはどういうことかという顔をする。

「将来のことを、急いで考える必要はない。真くんも実希も、今の仕事が楽しいのだろう。このまましばらくは続けて行きたいのだろう?」

「そう、ですね」

真くんが言って実希の顔を見る。実希も、頷く。

「それなら無理する必要はない。結婚してどこかに新居を構えて二人で働きながら将来を考えればいい。遠くに行く必要もない。なんならここに住んでもいいぞ？　部屋は余っているんだからな」

それはまぁ冗談だが。

「しかし」

真くんが言おうとするのを、右手を広げて止めた。

「真くん、実希。ひとつだけ教えておく」

誰から聞いたかは、言わなくてもいいだろう。

「母さんが、うちの佳実が死んだとき、真くんのお母さんは号泣した」

「え？」

驚いたふうに、真くんは眼を大きくさせた。

「人は、こんなにも他人のために泣けるものかと思うほど、彼女は泣き続けたそうだ。実希」

「はい」

「母さんのためにそれほど泣ける人が、悪い人だと思えるか？」

実希もまた少し驚いた表情を見せながら、小さく首を横に振った。

「思えない」

「そうだろう。真くん」

「はい」

「景子さんは、昔から、そして今も古市さんに言うそうだ。『國枝さんと、佳実さんと一緒に過ごしたあの頃が、いちばん楽しかったわね』と」

「母が？」

「そうだ」

そんなことを、と、小さく呟く。

「実希と会ってからは、それをまた繰り返し言うそうだ。そして、次に実希に会える日を心待ちにしていると。実希」

「はい」

「私は今まで会社関係も含めれば何十回も結婚式に出た。そして何十人もの花嫁さんを知っているが、姑さんにそんなに喜ばれた花嫁さんというのは聞いたことがない。それはたとえようもなく、幸せなことじゃないのか」

済まん。綾乃。使わせてもらう。

「そしてな、実希」

「うん」

「これは、母さんがいたからこそお前に巡ってきた幸せだ。母さんと、景子さんは、確かに良き隣人同士だったのだ。あの頃、私たち二組の家族は、幸せな関係を築いていたんだ。それはきっとこれからのお前たちを照らす、確かな明かりになるはずだ」

「お父さん」

実希の瞳から、涙が溢《あふ》れた。一筋、頬を伝う。

大丈夫だ。

お前たちはきっと、幸せになれる。

＊

一人きりの家は、空気が軽い。密度がない。そんなことを考えたのもほんの一週間ほどで、三ケ月も過ぎた今はもうそんなことも考えない。朝起きて、そうか実希はもういないのかとも思わない。夜遅くまで門灯を点けておくこともない。格子戸が開く音を待つこともない。自分一人のことだけ考えればいい。

縁側の戸を開けたときに、ちょうど足音が聞こえて玄関の扉が開けられた。柴山の声が響く。

「勝手に入るぞー」

どたどたと足音が響き、居間に柴山が頭から入ってきた。手にはうちの店の紙袋が提げられている。

「おう」

「なんだ」

縁側に座っていた私を見て言う。

「夕涼みか？　九月の終わりにしちゃ暑かったからな」

夕闇が迫っている。確かに明日から十月という日にしては相当暑かったから、こうして縁側を開けても心地よいぐらいだ。

「虫の声が聞こえたんでな。開けたときにお前がやってきて鳴くのを止めた」

「風流を解さない男なんでな」

言いながらどさりと座り、紙袋から酒の箱を出す。

「ほら、結婚式に出られなかったお詫びだ」

「おう」

高い日本酒だ。普段なら買おうとは思わない。

「つまみは買ってこなかったが、どうせ飯を作ってくれているんだろう？」

「どうせとはなんだ」

作ってある。五穀米を炊いて、肉ジャガに茄子《なす》の辛みそ炒め、揚げ出し豆腐に柴山のリクエストでイカの刺し身もある。

「しかし、久しぶりだ」

柴山が居間を見渡す。

「最後に来たのはいつだ?」

「実希の大学卒業のときに、何か持って来たろう。だから、三年かそこらじゃないか」

そうだったな、と頷く。そうして立ち上がった。

「佳実さんに挨拶してくる。お前はもう風呂上がりだろう?」

「あぁ」

「そのまま風呂を貰うぞ」

バスタオルは出してあると言うと、頷いて仏間へ向かった。勝手知ったる他人の家だ。

ややあって、おりんの音が響く。仏壇に向かって手を合わせているのだろう。

笑い話にしてやったのだが、柴山は実希の結婚式に来られなかった。前日に盲腸になって入院したのだ。私はもちろん、実希も心配しながらもどうしてこのタイミングで、と笑っていた。

綾乃などは「そういう人だったわよね昔から」と式場でさんざん昔の話をもち出してこきおろしていた。

退院して体調が戻り、仕事の都合がつくときに我が家で一杯やりたいと言ってきた。昔のようにまだ陽が沈まない内から風呂に入り、そうしてそのまま酔いつぶれても何の心配もないここの居間で飲もうじゃないかと。

実希のいない家を、騒がしくしてやると言ってきた。それはお前がただ飲みたいだけだろうと言いながら、柴山の休みに合わせた。

料理を作り、風呂に入り、のんびりと休日を過ごしていた。

「どうだ、一人は淋しいだろう」

私の猪口に酒を注ぎながら、柴山が笑う。一人暮らしに関してはこいつは先輩だな。

「そうでもないさ」

誰もいないこの家の空気にも、ようやく慣れてきた。

「慣れてしまえば、独身の頃を思い出す。思い出せば気楽でいいもんだ」

「それだよな。一人で家にいる気楽さを思い出して馴染んでしまえば、もう誰かと一緒にいることが考えられない」

猪口を空けて、そう言う。柴山も離婚してから随分経った。

「お前は再婚する気はないのか」

「そりゃこっちのセリフだ。俺は明日この家に綾乃ちゃんがいても驚かんぞ」

「それはないさ」

ない。柴山もわかっていての冗談だ。あるとするなら、それはまったく新しい家でだろう。この家で佳実と暮らしたことはないが、ここには確実に佳実と実希と、私の暮らしの匂いが染みついている。そこに綾乃の匂いは似合わない。

「何だったら俺がここに来るか」

「何が悲しくてお前と暮らさなきゃならんのだ。五十男が二人で」

「それも楽しいかもしれんぞ。お互い老後のことを考えたら誰かと一緒にいた方が安心だろう」

勘弁しろと笑った。誰がお前の介護なんぞするかと。

「そろそろ見せろよ」

「何をだ」

私が作った肉ジャガを口に放り込んで笑う。

「結婚式のビデオだよ。それを見に来たんだからな。今更見せたくないとごねるなよ」

「わかったよ」

ＤＶＤは真くんと実希が持ってきた。ただ持ってきただけなら記録として、思い出として取っておけばよかったものを、柴山さんに見せてねと実希は念を押し、メールまで送ってきたのだ。見せたくはない。しかし目出度いものなんだから捨てるわけにもいかない。

プレーヤーにセットする。プロに撮影させたものではなく、真くんの同僚が撮って編集したものだそうだが、さすが大手の印刷会社だ。そういうことに長《た》けた人材も機材もあって、プロ顔負けのいい画《え》が撮られている。

「おー」

猪口を傾けながら、柴山が相好を崩す。実希の白無垢《しろむく》姿だ。

「きれいだ。これは、きれいだ」

何度も繰り返す。柴山にとっても、生まれたときから知っている娘だ。何度も抱っこして、一緒に遊んだ小さな女の子が、こうして花嫁となっている。顔を綻ばせ、何度も頷く。

「佳実さんにそっくりだ。お前の結婚式を思い出すな」

「あぁ」

そうだ。私も、そう思った。生まれたときには私に似てしまって可哀相にと思ったのだが、白無垢姿の実希は、あの日の佳実にそっくりだった。

カメラが、私の横顔を映す。アップになる。瞳に光るものがあった。

「もううるうるしているんじゃないかお前」

「うるさいよ」

だから、見せたくなかった。煙草を一本取って、火を点ける。

「真くんとやらも、いい男じゃないか。イケメンさんだ」

よく似合っている、と頷く。それにも同意する。

「うまくやってるんだろう？　向こうとも」

「そう聞いているな」

うまくやっている。真くんも実希も、仕事はそのままだ。たまたまいい物件があって、真くんの家とこの家のちょうど中間辺りにマンションを買い、そこで二人で暮らしている。いきなりマンションを買ったというのは倹約家だった真くんの甲斐性でもあり、二人なりに考えて出した結論だったのだろう。それで良かったのだと思う。若いうちは二人で好きにやった方がいい。

式は進む。来賓の祝辞があり、ウエディングケーキ入刀があり、お色直しがあり、祝電の披露がある。古市家の親族、私の親族、真くんの会社関係や友人たち、実希の会社関係に親しい友達。

誰もが二人を祝福してくれていた。笑みを浮かべ、手を叩いてくれていた。

私は、花嫁の父としてそれをじっと見ていた。

我が子が、娘が、新しい人生の門出を迎えたその日のことを決して忘れないようにしようと思いながら、見つめていた。

愛する人と手を取り、二人で生きて行くことをこれから始める実希を、ただ見つめていたのだ。

いちいち茶々を入れながら見ていた柴山が、煙草に火を点け、大きく煙を吐き、笑みを浮かべながらテレビを見つめた。画面には、私が立っている。その隣りには古市さん夫妻も立っている。

古市さんは緊張した面持ちで、景子さんは満面の笑みで。

私は、苦虫を嚙み潰したような顔で。しかしそれは、いつもの私の顔だ。

そうして、実希がマイクの前に立つ。真くんが横に並ぶ。実希が、手紙を広げる。

『お父さん。お父さんに手紙を書くのはこれで何度目でしょうか。覚えているのは、小学校の卒業のときです。いつも食事を作ってくれてありがとう。ずっとずっと元気でいてくださいと書いたのを覚えています』

覚えているとも。色が変わってしまったその手紙は、今も取ってある。

『お母さんが天国に行ってしまってから、お父さんはずっと私の傍にいてくれました。どんなときでも、私の手を握ってくれていました。忘れていません。いつでもお父さんの大きな手が私の手を包んでくれていたことを。その手を握りしめたことを。今でも、もう握りしめることもなくなってしまった今でも、その温かさをはっきりと覚えています。そして、一生忘れることはありません』

柴山が、黙り込む。その瞳が少し潤む。私は、画面の中の私は、唇を真一文字に結んでいた。少し下を向いている。

『どんなにお父さんが私のことを、私だけのことを考えて生きてきてくれたのかを。感謝の気持ちを、今日、ここで、たくさん伝えようと思っていたのに、ありすぎて、ありすぎて、とても言葉にできません』

実希が、泣いている。涙がぽろぽろとこぼれている。真くんが微笑み、ハンカチでそれを拭いてあげている。

『お父さんのその手を、離したくはありません。でも、お父さんは手を振ってくれました。二人で歩けと言ってくれました。その背中をいつまでも見守っていると言ってくれました。だから、今日から、二人で歩いていきます。本当に、本当に、ありがとうございました。お父さん』

耐え切ったつもりだったのだが、やはり無理だった。目頭を押さえる私が、画面の中にいる。さかんに上を向き、眼を何度も瞬きさせて、息を吐く自分がいる。

花嫁の父の、自分がそこにいた。

ややあって、真くんから花束を受け取り、笑みを浮かべ声を掛ける。

「何と言ったんだ」

柴山が訊く。

「普通だ。『よろしく頼む』とな」

それ以外、言うことはない。何もなかった。付け加えたのは、『がんばれ』という言葉だけ。そして、それだけでよかったはずだ。

「そうだな」

柴山も、笑って頷いた。

「それしか言えないよな。それだけでいいよな」

「お前は結婚生活に関してはがんばれなかったけどな」

「うるさいよ」

二人で、笑う。カメラは、もう二人が退場するところを映していた。

肩の荷が下りた、という言葉があるが、子供を、娘を、実希を荷などと思ったことは一度もない。

娘は、私の生きる支えだった。

私が実希を支えていたのではない。実希が、私を支えてくれていたのだ。そういうものだと思う。

〈親子〉という言葉の通り、子に支えてもらっていた親は、子がいなくなればただの親だ。木の上に立ち、我が子の行く末をただ見ていればいい。

そうしてそれまでと同じように、ただ、生きていけばいい。

「これからは、こうしてたまに来てやるさ」

柴山が猪口に酒を注ぐ。

「お前が飯を食いに来たいんだろう」

また二人で笑う。

娘がいなくなった家で、男二人で、酒を飲む。

それも、いい。

解説　見えなくても

女優・作家　中江有里《なかえゆり》

子どものころ、自分の「家族」はずっと変わらないものだと思っていた。しかし段々と「そうじゃない」とわかってきた。

地元の公立中学に進学した際、小学校の時と名字が変わったクラスメイトがいた。小学校を卒業するタイミングで両親が離婚したらしい。先生から新しい名字で呼びかけられた時、彼女の表情が少し曇《くも》ったように見えた。しばらくすると、同級生から新しい名字で呼びかけられても普通に返事するようになった。

「家族」は、いつのまにか自分の周りを囲んでいて、人数が増えたり、あっけなく壊れたり、突然再構成されたり、どこにも同じものがない。子どもは基本的に「家族」に振り回される事が多い。だけどいつのまにか馴染《なじ》んでいく。

大人になれば「家族」を作る番になる。

これまでは子どもとして「家族」に属していたが、今度は自分で決断して作る。それが結婚。結婚はこれまでの「家族」を変えるタイミングで、新しい「家族」誕生の時。

『娘の結婚』は娘の実希《みき》から「会って欲しい人がいるの」と告げられる父・孝彦《たかひこ》の章から始まる。自立した娘との平穏な二人暮らしがまもなく終わりを迎える。相手は幼なじみの古市真《ふるいちまこと》くん。妻の佳実《よしみ》が事故で亡くなって以来、大切に育ててきた娘の幸せを祈る孝彦には、ひとつ気がかりなことがあった。

父・孝彦と娘・実希は慎《つつ》ましく実直で二人はよく似た父娘だ。二人の性質には佳実が大きく関わっているように思う。佳実は亡くなって久しいが、だからといって居た過去がなくなるわけではなく、家族の一員としてしっかりと二人の中に居続けている。父と娘は人生の岐路《きろ》に立った時、佳実のことを思い浮かべ、行く道を選択してきたのだろう。

孝彦の場合は再婚。老舗《しにせ》百貨店の婦人服担当をしていたスマートさ、見た目も悪くない。妻亡き後に心惹《ひ》かれる女性もいたし、実際付き合いもした。しかし若いときの結婚と違い、思春期の娘の父となると、まず娘の心情を思いやる。結果的にこれまで再婚はしなかった。

娘にとって母は、一番そばにいる女性。未来の自分を思い描く時の一例ともなるが、実希は九歳で母を失っている。同性ならではの悩みを相談する相手が家族にいないのは、かなり心細いだろう。彼女は道を踏み外すことなく、健《すこ》やかに成長し、父を悲しませない良い娘でありつづけて現在に至っている。

二人はお互いの気性をよく知っているのに、いざ実希の結婚に際し、相手の気持ちを探りながらも、自分の気持ちを明かせない。娘の恋人に会う決心がつかない理由、父が彼に会おうと言ってくれないことへの不安、言えないことを心に秘めて同じ屋根の下で暮らしている。

奇《く》しくも孝彦の思いを表すこんな言葉が出てくる。

「人間というものは結局顔を合わせて日々を過ごさなければ見えてこないものがたくさんあるのだ」

たしかにそうだ。でも顔を合わせているから相手を気遣《きづか》って、余計な部分を見せないようにしたりもするのも「家族」で、見せないようにしているのを気づいても気づかないふりで相手をじっと見守るのも「家族」。……なんてややこしい。

孝彦が実希の気持ちを尊重するのは、娘を信じているから。もちろん「信じる」のは実希であって、その相手ではないし、相手の親でもない。だから孝彦は心配になる。娘の幸せを祈るあまりに不安になるのだ。

この不安の元は、真くんの母親。真くんの母は、真くん自身とは関係ない。実希と結婚するのは真くんで、親子は別人格なのだし。だけど大きな意味での「家族」となると、関係ないと言いきれないのも現実だ。

真くんの母は興味深い。何気ない行動や言葉が癇《かん》にさわる、一言余計な人、協調性がない……と様々な苦情を寄せられる人だ。もし自分がこんな悪い噂を聞いたあとで当該人物と会ったなら、先入観が働いて相手の悪いところを探してしまうに違いない。

嫌な人とは距離を置く、付き合わないなど対処法はいくらでもあるが、その当人が「家族」となるとそうはいかない。真くんとお父さんは、「家族」の一員である母と暮らしてきた。母に寄せられる苦情を黙って飲み込みながら。

なるほど、真くんが若いわりに思慮深く、実希のことを大切に考えてくれるのは、この母を含む「家族」の元で暮らしてきたからだろう。そして実希はたぶんそういう真くんの性質を好きになったのだ。

……すっかり真くんの母を悪い方へと押しやってしまったが、見方を変えればそう悪い人とも言えない。人間は自分が不快だと思う人は避けるし、もし同じ相手を避ける仲間がいたら「不快なのは自分だけじゃなかった」と安心したい生き物だ。真くんの母はそういう人たちの恰好《かっこう》の的になってしまったのだろう。不幸なことだけれど、それが人間世界のせせこましさで、よくあることともいえる。

しかし真くんの母の件をのぞけば、実希の結婚は特に反対する要素はなさそうだ。逆に真母の不安があったからこそ、孝彦は娘の結婚についてどう言う態度をとるかを深く考えた。そして実希も父の気持ちを慮《おもんぱか》り、自分自身の覚悟を問う。ふと見ると孝彦や実希の周囲の人間までが、自分のことのようにこの結婚の行方を気にして、そっと見守っている。声なき応援のようなエールが、あちこちから聞こえてくる、そんなあたたかさに満ちた小説だ。

もう一つ、あたたかさを感じるのは、國枝《くにえだ》家に登場する料理。実希が友だちと過ごす夜、メインのおかずはデパ地下で買ってきたお総菜《そうざい》でも、五穀米《ごこくまい》は炊《た》きたて、葱《ねぎ》と油揚げの味噌汁も作りたて。冷蔵庫には残り物のレンコンのお煮しめが待っている。孝彦が友人のリクエストで作る肉ジャガに茄子《なす》の辛みそ炒《いた》め、揚げ出し豆腐。個別の食卓の光景なのに、孝彦も実希も忙しい最中でもしっかりと食べて生活してきたことが、この場面だけで伝わってきた。


これまでいくつかの結婚式に参列し、いつも落涙した。こんな晴れの日になぜ泣いてしまうのだろう、と自分でも不思議だった。花嫁の涙に誘われたのかも、と思っていたが『娘の結婚』を読んで、わたしなりにこういうことかもしれない、と思った。

結婚とはこれまでとの別れの儀式なのだ。永遠の別れではなくても、これから先の道は自分の決断で歩んでいく。もしかしたら親が期待する道から逸《そ》れてしまうかもしれない。今は不安で寂《さび》しくて仕方がないのだけど、成長して家族を築こうとする自分を誇《ほこ》らしく思ってほしい、そう人々に表明する場だ。

『娘の結婚』はタイトルの通り娘の結婚までを描いているが、新しい「家族」を築こうとする真くんと実希の物語であり、二人が巣立とうとしている國枝家と古市家の物語である。そこには亡き佳実も家族として居て、誰もが大切な人の幸福を願い、祈りながら、その為に自分にできることを考えている。

この本を手にする人には、孝彦と同じように娘の結婚を前にした人もいるだろう。仮にあなたがそうだとしたら、娘の恋人との対面、結婚式の挨拶、その後の生活……本番の予行練習に必読の書と言いたい。

ただし流す涙は予定の二倍は覚悟した方が良いです。まず本書を読む分。そして本番の分と。

（この作品『娘の結婚』は平成二十五年七月、
小社より四六版で刊行されたものです）

娘の結婚

一〇〇字書評

切り取り線

購買動機（新聞、雑誌名を記入するか、あるいは○をつけてください）	
□（　　　　　　　　　　　　）の広告を見て	
□（　　　　　　　　　　　　）の書評を見て	
□ 知人のすすめで	□ タイトルに惹かれて
□ カバーが良かったから	□ 内容が面白そうだから
□ 好きな作家だから	□ 好きな分野の本だから

・最近、最も感銘を受けた作品名をお書き下さい

・あなたのお好きな作家名をお書き下さい

・その他、ご要望がありましたらお書き下さい

住所	〒				
氏名		職業		年齢	
Eメール	※携帯には配信できません	新刊情報等のメール配信を 希望する・しない			

この本の感想を、編集部までお寄せいただけたらありがたく存じます。今後の企画の参考にさせていただきます。Eメールでも結構です。

いただいた「一〇〇字書評」は、新聞・雑誌等に紹介させていただくことがあります。その場合はお礼として特製図書カードを差し上げます。

前ページの原稿用紙に書評をお書きの上、切り取り、左記までお送り下さい。宛先の住所は不要です。

なお、ご記入いただいたお名前、ご住所等は、書評紹介の事前了解、謝礼のお届けのためだけに利用し、そのほかの目的のために利用することはありません。

〒一〇一‐八七〇一
祥伝社文庫編集長 坂口芳和
電話 〇三（三二六五）二〇八〇

祥伝社ホームページの「ブックレビュー」からも、書き込めます。
http://www.shodensha.co.jp/bookreview/

祥伝社文庫

娘《むすめ》の結婚《けっこん》

平成28年 6月20日　初版第1刷発行
平成29年12月20日　　　第2刷発行

著　者　小路幸也《しょうじゆきや》
発行者　辻　浩明
発行所　祥伝社《しょうでんしゃ》
東京都千代田区神田神保町3-3
〒101-8701
電話　03（3265）2081（販売部）
電話　03（3265）2080（編集部）
電話　03（3265）3622（業務部）
http://www.shodensha.co.jp/

印刷所　萩原印刷
製本所　ナショナル製本
カバーフォーマットデザイン　芥 陽子

本書の無断複写は著作権法上での例外を除き禁じられています。また、代行業者など購入者以外の第三者による電子データ化及び電子書籍化は、たとえ個人や家庭内での利用でも著作権法違反です。
造本には十分注意しておりますが、万一、落丁・乱丁などの不良品がありましたら、「業務部」あてにお送り下さい。送料小社負担にてお取り替えいたします。ただし、古書店で購入されたものについてはお取り替え出来ません。

Printed in Japan ©2016, Yukiya Shoji ISBN978-4-396-34212-8 C0193

祥伝社文庫の好評既刊

小路幸也　うたうひと

仲たがいしてしまったデュオ、母親に勘当されているドラマー、盲目のピアニスト……。温かい歌《ストーリー》が聴こえる傑作小説集。

小路幸也　さくらの丘で

今年もあの桜は、美しく咲いていますか――遺言によって孫娘に引き継がれた西洋館。亡き祖母が託した思いとは？

朝倉かすみ　玩具《おもちゃ》の言い分

こんな女になるはずじゃなかった!? ややこしくて臆病なアラフォーたちを赤裸々に描いた傑作短編集。

飛鳥井千砂　君は素知らぬ顔で

気分屋の彼に言い返せない由紀江《ゆきえ》。徐々に彼の態度はエスカレートし……。心のささくれを描く傑作六編。

伊坂幸太郎　陽気なギャングが地球を回す

史上最強の天才強盗四人組大奮戦！映画化され話題を呼んだロマンチック・エンターテインメント原作。

伊坂幸太郎　陽気なギャングの日常と襲撃

天才強盗四人組が巻き込まれた四つの奇妙な事件。知的で小粋で贅沢な軽快サスペンス第二弾！

祥伝社文庫の好評既刊

泉　ハナ
ハセガワノブコの華麗なる日常
恋愛も結婚も眼中にナシ！「人生のすべてをオタクな生活に捧げる」ノブコの胸アツ、時々バトルな日々！

井上荒野
もう二度と食べたくないあまいもの
男女の間にふと訪れる、さまざまな「終わり」――人を愛することの切なさとその愛情の儚《はかな》さを描く傑作十編。

桂　望実
恋愛検定
片思い中の紗代《さよ》の前に、神様が降臨。「恋愛検定」を受検することに……。ドラマ化された話題作、待望の文庫化。

加藤千恵
映画じゃない日々
一編の映画を通して、戸惑い、嫉妬、希望……不器用に揺れ動く、それぞれの感情を綴った八つの切ない物語。

小手鞠るい
ロング・ウェイ
人生は涙と笑い、光と陰に彩られた長い道のり。時と共に移ろいゆく愛の形を描いた切ない恋愛小説。

白石一文
ほかならぬ人へ
愛するべき真の相手は、どこにいるのだろう？　愛のかたちとその本質を描く第一四二回直木賞受賞作。

祥伝社文庫の好評既刊

中田永一
百瀬、こっちを向いて。
「こんなに苦しい気持ちは、知らなければよかった……!」恋愛の持つ切なさすべてが込められた小説集。

中田永一
吉祥寺の朝日奈くん
彼女の名前は、上から読んでも下から読んでも、山田真野《ヤマダマヤ》……。愛の永続性を祈る心情の瑞々しさが胸を打つ感動作。

原田マハ
でーれーガールズ
漫画好きで内気な鮎子《あゆこ》、美人で勝気な武美《たけみ》。三〇年ぶりに再会した二人の、でーれー(ものすごく)熱い友情物語。

はらだみずき
たとえば、すぐりとおれの恋
保育士のすぐりと新米営業マン草介《そうすけ》。すれ違いながらも成長する恋の行方を二人の視点から追った瑞々しい物語。

三浦しをん
木暮荘《こぐれそう》物語
小田急線・世田谷代田《せたがやだいた》駅から徒歩五分、築ウン十年。ぼろアパートを舞台に贈る、愛とつながりの物語。

森見登美彦
新釈 走れメロス 他四篇
お馴染みの名篇が全く新しく生まれ変わった! 馬鹿馬鹿しくも美しい、青春の求道《ぐどう》者たちの行き着く末は?